느림보 토끼와
함께 살기

느림보 토끼와
함께 살기

손장환 지음

LiSa

행복한 부부의 사계절

이 책은 30년 동안 나와 부부의 연을 맺고 살아온 아내에 대한 참회록이자 사랑의 편지다. 동시에 인생의 후배들에게 주는 부부 참고서다.

피 한 방울 섞이지 않은 남녀가 만나 한 가정을 이뤄 살아간다는 자체가 기적이다. 부부가 함께 가는 길은 고속도로가 아니라 오프로드다. 도처에 자갈밭과 물웅덩이가 숨어있다. 당연하지.

이럴 때 필요한 건 날쌔고 멋있는 스포츠카가 아니다. 튼튼하고 힘 좋은 오프로드 차량이다. 자갈길이고 웅덩이고 사막이고 간에 거침없이 달려 나갈 때의 쾌감은 고속도로에서 느끼는 쾌감과 다르다. 오프로드를 지나 쭉 뻗은 탄탄대로를 만났을 때 속도까지 낼 수 있는 오프로드 차량이면 금상첨화다.

나는 대한민국의 모든 부부가 오프로드의 쾌감과 기쁨을 함께 누리며 살기를 바란다. 나는 '가정이 바로 서야 나라가 바로 선다'는 명제에 찬성한다.

'부부'와 '행복'은 함께 붙어있어야 제격이다. 이혼도 동거도 쉬워졌다. 행복하지 않다면 굳이 부부로 살아야할 이유가 없다.

사계절이 뚜렷한 대한민국에서 산다는 것은 복이다. 매서운 북풍이 몰아치는 한겨울에 발을 동동 거리면서도 우리는 곧 따뜻한 바람이 부는 봄이 오리라는 것을 안다. 꽁꽁 얼었던 땅에서 새싹이 올라오고, 죽은 것 같았던 나무에서 아기의 손 같이 보드라운 새 순이 돋아나는 것을 본다.

섭씨 40도에 육박하는 더위, 동남아보다 덥다는 여름날에 온 몸은 축축 늘어지지만 우리는 곧 시원한 바람 부는 가을이 오리라는 것을 안다. 참을 수 없는 더위와 가뭄을 거치면서도 오곡백과는 탐스런 결실을 보여주리라는 것도 안다.

부부의 사계절도 같다. 항상 봄일 수도 없고, 항상 겨울일 수도 없다. 그 모든 변화를 겪으며 튼실하게 익어가는 것이다. 모든 과정은 행복으로 연결돼야 한다.

나는 이 책에서 우리 부부의 속살을 비교적 솔직하게 드러내려고 했다. 숨기고 싶은 내용도 있고, 부끄러운 내용도 있다. 자랑하고 싶고, 보여주고 싶은 내용도 있다. 어떤 것은 '정면 교사'이고, 어떤 것은 '반면교사'다. 아름다운 부부의 모습을 가꾸기 위해서는 하나도 버릴 것이 없다.

이 책에 나온 모든 사례는 아내의 동의를 받았다. 나의 첫 번째 저서이지만 실제로는 부부 공동 집필이다.

사랑하는 아내에게
미안함과 고마움과 사랑을 모두 담아 이 책을 드립니다.

결혼 30주년에

차례

봄

하나

———

느림보 토끼와 살기

결혼하면 정말 좋을까. 많은 부부가 '그렇지 않다'고 소리 높여 외친다. 오히려 결혼하기 전에는 생각지도 않던, 생각할 필요도 없던 문제들이 생기게 마련이다. 일단 하나만 생각해 보자. 부모 형제, 친척 등 신경 써야 할 대상이 딱 두 배로 늘어난다. 여자들에게는 '시'금치도 싫어하게 만드는 '시댁'이 생긴다.

미국 작가 펄 벅(Pearl Buck) 여사의 소설 《대지 The Good Earth》를 영화화한 것을 TV로 본 적이 있다.

지금도 생각나는 영화 속 한 장면이다. 어느 날 엄청난 메뚜기 떼가 날아와 곡식을 마구 갉아먹었다. 활자로 볼 때는 그런가 보다 했는데 영상으로 보니까 메뚜기 떼의 공포가 그대로 전달됐다. 그대로 놔두면 1년 농사를 다 망치고 굶어죽을 수도 있다. 마을 사람들 모두 나와 불을 지르고 소리를 지르면서 장대를 휘둘러 메뚜기 떼를 쫓아냈다. 마을 사람들이 승리의 환호성을 지르는 장면을 보면서 '메뚜기 떼가 다 죽은 게 아니니까 저 메뚜기 떼는 또 다른 마을로 갈 것이고, 그 마을 사람들도 또 같은 일을 겪겠지' 하는 엉뚱한 생각을 했다.

결혼 생활도 마찬가지다. 하나의 문제를 해결하는 동시에 새로운 문제가 나타난다. 졸업이 끝이 아니고, 새로운 시작이라는 말과 똑같다. 그래서 결혼 생활은 끝이 점점 좁아지는 깔때기와 같다는 생각을 한다. 둘이 열심히 맞춰가다 보면 어느새 끝이 좁아져 아름다운 부부로 재탄생할 것이다. 그러나 좁아지기는커녕 오히려 더 넓어지는 확성기가 된다면 그 끝은 파경일 것이다.

얼마 전 우연히 궁합에 관한 책을 보게 됐다. 사주의 음양오행을 바탕으로 생년월일에 따라 사람을 열 가지 형태로 분류해 놓은 《운명을 바꾸는 타고난 기운 10》이었다. 원래 궁합이라든지 사주팔자 같은 것에 관심이 없는데 그냥 재미로 뒤적거려 봤다.

따져보니 나는 '큰 물', 아내는 '넓은 땅'이었다. 둘 다 양(陽)이다. 결론부터 말하면 잘 맞지 않는 정도가 아니라 아예 '상극'(相剋)이다. 땅이 물을 이긴다는 것이다. 물길을 흙으로 막으면 흐름이 바뀐다. 흐르는 물을 막아 가두면 물은 썩는다.

만일 우리가 결혼 전에 궁합을 봤다면 아마도 결혼하기 힘들지 않았을까. 아무리 둘 다 사주팔자를 우습게 보는 경향이 있다 하더라도 괜히 찜찜했을 것이다. 대충 60점만 돼도 그런가보다 할 텐데 상극이라면 뭔가 결혼 후에 예상치 못한 큰일이 벌어질 것만 같지 않은가. 조금만 의견 차이가 생기거나 부부싸움이라도 할 때면 "그것 봐. 우리는 상극이라니까. 그만 이혼 합시다"라고 소리치지 않았을까.

다행히 우리는 궁합을 보지 않았고, 결혼해서 30년간 잘 살아왔다. 하지만 아무 문제없이 살아왔다면 거짓말이다.

아내와 나는 분명히 천성적으로 안 맞는 부분이 있다. 나는 행동이 빠르고 안달복달하는 면이 있는데 아내는 무지 느긋하다. 행동도 느린 편이다. 약속 시간에 늦을까 봐 혼자 이것저것 챙기고 바빠도 아내는 세월아 네월아 한다.

"준비 다 됐어요. 이제 가요" 하는 소리를 들었고, 분명히 방에서 나오는 것까지 확인한 뒤에 얼른 주차장에 내려가서 차에 시동을 걸고 기다리면 감감무소식이다. 나의 인내 시간은 고작 1~2분. 조바심이 나고 입술은 바짝 타들어 가는데 시간은 어느새 5분이 넘어간다. 얼굴은 일그러지고 호흡이 가빠진다. 드디어 아내는 천천히, 우아한 모습으로 나타난다. 급하게 걷는 법도 없다. 이미 감정조절 기능이 망가진 나는 "도대체 뭐하느라 이제 오는 거야"라며 빼-액 소리를 지른다. 급한 마음에 자동차 속도를 높이면 아내는 "왜 이리 차를 험하게 몰아요. 늦을 수도 있지" 하고 나를 몰아세운다. 적반하장이다. 결혼해서 가장 많이 다툰 게 바로 이런 상황이었다.

토끼띠인 아내에게 '느림보 토끼'라는 별명을 지어줬다.

"당신 같은 토끼는 거북이하고 경주할 때 잠을 자지 않아도 질 거야. 이솝 우화 개정판을 만들어야 해."

20년이 지나도록 달라지지 않았다. 똑같은 상황의 반복이었다. 하루는 하도 답답해서 "옆집 사람이라도 20년 동안 부탁했다면 달라졌을 텐데"라고 푸념한 적도 있다.

어느 날 책을 보다가 무릎을 쳤다. 《긍정의 힘 Your Best LIfe Now》이라는 책으로 유명한 조엘 오스틴(Joel Osteen) 목사의 《잘 되는 나 Become a better you》였는데 한참 읽다가 정말 재미있는 구절을 발견했다.

신혼 초에 외출할 때면 나는 아내를 재촉하곤 했다.

"여보, 준비됐어요?", "예, 준비됐어요. 곧 나갈게요."

그러면 워낙 성미가 급한 나는 으레 차에 탄 채로 아내를 기다렸다. "준비됐어요." 내게 이 말은 당장 떠날 것이라는 뜻이다. 하지만 아내는 언제나 천하태평이다. 호들갑을 떠는 일이 거의 없다. 아마도 세상에서 가장 느긋한 사람이 아닌가 싶다. 아내에게 "준비됐어요"라는 말은 "대충 끝났어요. 10분에서 15분 정도면 나갈 거예요"라는 뜻이다.

신혼 초에 이런 일이 벌어지면 나는 차 안에 앉아 부글부글 속을 끓였다. 하지만 결혼한 지 20년이 넘은 지금은 아내의 "준비됐어요"라는 말을 미식축구의 '2분 경고'쯤으로 받아들인다. 시계는 남은 시간 2분을 가리키지만 미식축구를 본 사람들이라면 최소한 10분에서 15분은 더 경기가 진행된다는 걸 안다.

이럴 수가. 이건 완전히 우리 얘기잖아. 어쩌면 이렇게 완벽하게 같을 수가 있지?
그다음에 결정적으로 오스틴 목사의 해법이 등장했다.

이제 아내가 준비됐다고 말하면 나는 느긋하게 앉아서 몇 분간 설교 원고를 검토하거나 텔레비전을 보거나 아니면 그냥 쉰다.

유레카! 20년 동안 걸려있던 체증이 한꺼번에 뻥 뚫리는 순간이었다. 마치 오랜 기도에 대한 응답 같았다.

이 후에 나의 행동이 달라진 건 당연하다. 나 역시 "이제 나가요" 소리를 들으면 책 한 권 집어 들고 거실 소파에 앉아서 느긋하게 읽거나 텔레비전을 킨다. 마음에 평안이 오고, 아내가 밉지 않고, 화도 나지 않는다.

20년 동안 아내를 바꾸기 위해 화를 내기도 하고 온갖 노력을 해도 달라지지 않았는데, 내 생각이 바뀌고 행동을 바꾸니까 한 순간에 해결이 돼버렸다. 내 성격도 이전보다 느긋하게 변했다. 늦어도 할 수 없지 뭐. 인간관계에서는 분명 손해 보는 일이지만 부부관계는 분명 좋아졌다. 어차피 지금까지도 손해 봤고, 앞으로도 달라질 가능성이 없다면 마음이라도 편하게 먹고, 부부관계를 개선하는 게 훨씬 현명하다.

다른 사람들의 이야기를 듣다보면 우리와 반대인 경우가 더 많다. 너무나 느긋한 남편 때문에 속을 끓이는 아내의 이야기가 대부분이다. 그러니 이것은 '남자니까', '여자니까'와 같은 남녀의 문제가 아니다.

결혼한 뒤에 나의 노력으로 배우자의 생각이나 행동을 변화시키는 게 가능할까. 인생의 선배들은 절대 그런 일은 없으며 '바꿀 수 있는 것은 나 자신뿐'이라고 가르친다. 나 역시 책을 통해, 선배들을 통해 그런 말을 숱하게 들어왔으나 '하지만', '나는 할 수 있다', '이것만은 양보할 수 없어'라며 아내를 내 식으로 바꾸려고 애를 썼다.

그러나 결론은 같았다. 내가 변해야 변한다.

"땡큐 오스틴."

부부란 이런 것이다. 아웅다웅, 울그락불그락, 티격태격하면서도 끊임없이 맞춰나가는 사이다. 그 결과는 평화요, 기쁨이요, 사랑이다.

둘

어머니가 먼저냐, 아내가 먼저냐

어렸을 때는 '엄마가 좋아, 아빠가 좋아'라는 질문으로 괴롭히고, 결혼한 이후에는 '어머니와 아내가 동시에 물에 빠졌을 때 누구부터 구할 것이냐'는 질문으로 괴롭힌다. 결혼하기 전에 이 질문을 들었을 때는 '당연히 어머니 먼저 구해야지 이게 무슨 질문거리나 되나'라고 생각했다.

나는 밀양(密陽) 손(孫) 씨 41대 손이다. 족보를 보면 시조가 경주(慶州) 손 씨 시조와 같은 손순(孫順)이다. 손순이 누구인가. 삼국유사에도 나오는 효자 중의 효자다. 한때 교과서에도 실렸던 스토리는 이렇다.

신라시대 때 손순이라는 가난한 사람이 있었다. 늙은 어머니를 봉양하는데 어린 아들이 자꾸 어머니 반찬을 빼앗아 먹었다. 보다 못한 손순이 "자식은 또 얻을 수 있으나 어머니는 다시 얻기 어렵다"며 아들을 땅에 묻기로 했다. 아들을 산 채로 묻으려고 땅을 파고 있는데 땅속에서 돌로 만든 종이 나왔다. 이상하게 여겨 두드려보니 은은한 종소리가 났다. 이 소리가 퍼져 대궐에까지 들렸다. 왕이 무슨 소리인가 신하를 시켜 자초지종을 알아보고는 "손순의 효는 천지에 귀감이 될 만하다"고 칭송하고, 집 한 채와 함께 매년 벼 50석을 주라고 했다.

요즘 시각으로 해석하면 '비속 살인 미수'다. 비속 살해는 존속 살해에 버금가므로 어머니를 살리기 위해 아들을 죽인다는 것 자체가 난센스다. 하지만 손순 이야기는 지극한 효성으로 아들도 살리고, 어머니도 살리고, 복도 받았다는 교훈이 담긴 효자 이야기로 받아들이자.

나는 어렸을 때부터 "너는 나라가 인정한 효자의 후손이니 부모님께 효도해야 한다"는 가르침 속에 살았다. 그러니 생각할 필요도 없이 어머니부터 구해야 하는 게 지극히 당연한 것이었다.

나의 어머니는 매우 직설적인 분이었다. 가슴에 담아두기는커녕 돌려서 말하는 경우도 거의 없었다. 소위 뒤끝이 없는 스타일이라고 좋게 이해하려고 해도 여기저기 꽂히는 비수는 너무 아팠다.

자식들에게만 그러는 게 아니고 상대가 누구든 똑같았다. 여러 사람이 있는 공공의 자리에서도 어머니의 직설은 거침없었다. 자신과 상관없는 일인데도 어머니 생각에 아니다 싶은 것은 반드시 말을 해야 직성이 풀렸다. 굳이 하지 않아도 될 말까지 그냥 지나가지 않았다. 그래서 손해 보는 일도 많았고, 뒤에서 욕하는 사람도 많았다. 하도 답답해서 "그런 얘기까지 굳이 할 필요는 없잖아요" 하면 "그럼 나보고 거짓말을 하라는 말이냐"고 반문하는 통에 더 할 말이 없었다.

결혼을 하고 나니 상황이 달라졌다. 자식들이야 오랫동안 단련이 돼서 그러려니 하는데 며느리들은 시어머니가 던지는 직격탄을 맞고 거의 인사불성이었다.

본가에 다녀오는 날은 그야말로 좌불안석이었다. 어머니의 말 폭격으로 만신창이가 된 아내의 얼굴을 차마 볼 수 없었다. 내 딴에는 아내를 위로한답시고 "아까 어머니 그 말은 그런 뜻이 아니야", "어머니가 야단치려고 한 말이 아니니까 너무 신경 쓰지 마", "그냥 한 귀로 듣고 한 귀로 흘려버려" 같은 말을 쏟아냈다. 아무리 달래도 아내의 표정은 풀어질 줄 몰랐고, 나는 "정말 어머니는 다른 뜻이 없다니까"라고 무한

반복했다. 그때는 그게 아내를 위하는 것이라고 생각했다.

　그날도 시댁을 다녀왔고, 똑같은 과정이 이어졌다. 그러다가 아내가 마치 활화산이 터지듯 폭발했다. 지금까지 살면서 아내가 그때처럼 화를 내는 것을 본 적이 없다. 아내는 울면서 "당신은 지금까지 내 편이 아니라 항상 어머니 편이었어"라고 소리쳤다.

　나는 너무 놀랐고, 한편으로는 억울했다. 내가 어머니 편이었다니. 아니야. 나는 항상 당신 편이었는데. 당신 상처받지 말라고, 위로해 주려고 내가 얼마나 노력했는데. 나의 이런 마음과 노력을 알아주지 않고 내가 어머니 편이었다니 오히려 내가 더 속상해.

　그때는 어찌어찌 빌고 달래고 해서 위기를 넘겼다. 하지만 한동안 내 머릿속에는 '당신은 어머니 편'이라는 말이 떠나지 않았다. 여전히 그런 오해를 받고 있다는 사실이 억울했다.

　그러던 어느 날, 갑자기 깨달음이 왔다. 나는 아내 편인가, 어머니 편인가. 같은 편이라면 같은 방향으로 서서 같은 곳을 바라봐야 하는데 내가 과연 아내와 같은 편에서 같은 곳을 봤던가.

　분명히 아니었다. 아내와 어머니 사이에서 나는 항상 아내를 바라보고 있었다. 그것은 분명 아내의 편에서 본 시선이 아니라 어머니의 편에서 본 시선이었다.

그랬구나. 그랬었구나. 당신은 내가 자기편이라고 믿고 결혼했는데 나는 여전히 어머니 편이었으니 당신이 그동안 참 외로웠구나. 철없는 남편은 어머니 편이면서도 부득부득 당신 편이라고 우기고, 억울하다고 하소연하고 있었으니 얼마나 내가 보기 싫었을까. 당신은 혼자였구나. 미안해요. 정말 미안해요.

그날부터 나는 아내와 정말 한편이 되기로 했다. 하지만 그 과정은 결코 순탄치 않았다. 아내와 한편이라면 때로는 어머니와 등을 지기도 하고, 때로는 모진 말을 해야 할 때도 있었다. 차마 입이 떨어지지 않았다. 머리는 그렇게 말하고 있지만 몸이 따라 주지 않았다. 어정쩡한 상태로 지내다보니 아내는 그럴 줄 알았다는 표정이고, 어머니로부터는 "마누라한테 꼭 쥐여 사네" 소리를 들어야 했다.

이런 상황은 결코 바람직하지 않다. 결단을 해야 했다.

"어머니, 제가 평소에는 잘 하잖아요. 하지만 이건 아니에요. 이제 그렇게 하지 마세요."

생각해보라. 어렸을 때부터 효자 교육을 받은 '트리플 나노 A형'이 기가 센 어머니에게 이런 말을 꺼내기 까지 얼마나 많은 주저함이 있었는가를.

한 번 어려운 말을 꺼내고 나니 그다음부터는 한결 편해졌다. "못 합니다"고 거절도 하고, "어머니가 잘못하신 거예요"라고 말할 수도 있게 됐다. 어머니는 "어렸을 때는 효자였는데 결혼하더니 애가 달라졌다"며 불편한 심기를 감추지 않았지만 시간이 지나면서 점차 누그러졌다. 아내와 한편이 됐다고 해서 어머니와 완전히 등을 돌린 것도 아니고, 평소에는 여전히 예전과 같은 효자였으니까.

지금이라고 모든 면에서 아내와 한편이고, 다 해결된 것은 아니다. 때때로 삐끗거리고, 탈선하기도 하면서 지내고 있다. 아내도 "남편은 남의 편이래"이러면서 대충 참아준다. 딱 부러지지 못한 남편 만나서 참 속을 많이 끓인 아내다.

하지만 이것 하나만큼은 이제 확실히 안다. 내가 선택한 아내니까 어머니보다 당연히 아내가 먼저다.

셋

자식을 버려라

자식을 버리라니 이 무슨 무시무시한 이야기인가. 혹시 효자 손순의 이야기? 아니면 이삭을 하나님께 바치려고 했던 아브라함의 이야기?

옛날이야기가 아니라 요즘 이야기다. 자산 분석가들이 은퇴 후를 대비하는 사람들에게 이런 충고를 한다. 고령 사회로 진입하면서 '노후 파산'을 걱정하는 사람들이 많아졌다. 한국뿐 아니라 일본, 미국 등도 마찬가지다. 원인은 조금씩 다르다. 한국의 특징은 자녀에 올인 하다가 파산할 가능성이 어느 나라보다 크다는 것이다.

일단 사교육비가 어마어마하다. 취학 전부터 영어 학원, 태권도 학원, 피아노 학원, 어린이 수영교실 등 온갖 학원과 교실 인생이 시작된다. 초등학교 입학 때부터 고등학교 졸업할 때까지는 공부와 관련한 과외비와 학원비가 부모의 등골을 휘게 한다. '등골 브레이커'란 말이 괜히 나온 게 아니다.

자녀 교육비를 놓고 싸우는 부부가 얼마나 많은가. 부부싸움의 스토리는 대충 이렇다. "내 월급이 얼만데 애들 교육비가 너무 과한 것 아닌가" 하고 말을 꺼내면 "남들 다 하는데 우리 애만 뒤처질 수 없다"는 반발이 나온다. "돈을 더 벌어올 생각은 하지 않고 애들 학원비를 줄이라니 그게 부모로서 할 말이냐"고 들이대면 할 말이 없어진다.

이런 주제에 대한 언론 뉴스를 보면 거의 '강남 엄마'가 출연한다. 뉴스로 다룰만 한 극단적인 케이스가 많이 나오기 때문이다. 한 과목에 월 200만~300만 원짜리 고액 과외 같은 대목에서는 누구나 입이 벌어진다. 드라마 〈SKY 캐슬〉에서는 수십억 원짜리 입시 코디네이터까지 등장했다.

그런데 강남에는 잘 사는 사람만 있지 않다는 게 함정이다. 조그만 빌라도 있고, 전세나 월세로 사는 사람도 있다. 주변에 보고 듣는 것은 많아 눈높이는 높아져 있는데 경제 형편은 따라주지 않는다. '뱁새가 황새 따라가다가 가랑이 찢어지는' 경우가 비일비재하다.

20년 전쯤 강남의 아파트를 유산으로 물려받은 지인이 있었다. 번듯한 직장이 있으니 못 사는 형편도 아니었다. 그러나 주위 사람들의 생활수준이 높아도 너무 높았다.

어느 날 아내가 울면서 고백했다.

"당신 모르는 빚이 3,000만 원 있다. 이자에 이자가 붙고 점점 빚이 늘어나 더 이상 감당할 수 없다."

주위 엄마들이 자녀들 과외를 하는 데 같이 하자고 하더란다. 고액 과외여서 부담이 됐지만 우리 애만 빠지면 왕따가 될 것 같았다. 처음에는 이리저리 융통이 가능했지만 어느새 감당하지 못할 지경에 이른 것이다. 위기의 순간이었으나 다행히 잘 마무리됐다는 얘기를 전해들었다.

"애들 학원비를 내가 직접 벌겠다"며 엄마가 파출부를 하거나 과외 선생을 하는 경우도 있다. 뉴스에만 나오는 사례가 아니라 내 주변에도 있었다. 분명 정상은 아니다.

그렇게 학원이다 과외다 공부를 시켜서 대학을 보내면 그때부터 대학 등록금 걱정이다. 등록금이 보통의 월급쟁이가 감당하기엔 버거운 수준이다.

대학은 졸업했는데 취직을 못하고, 나이는 먹어 가고, 결혼도 하지 않은 '캥거루 족'이 있다면 이들까지 거둬 먹여야 한다.

뼈 빠지게 일해서 겨우 집 한 채 마련했는데 결혼 비용도 만만치 않아 자녀 결혼시키려면 아파트 평수를 줄여야 할 형편이다.

그러면서도 '죽을 때 집 한 채는 유산으로 남겨야 한다'는 생각에 여전히 안 먹고 안 입고 아끼는 노부모도 많다.

처음부터 끝까지 자녀를 위한 삶이다. 이러니 정작 중요한, 부부의 노후 준비를 할 여유가 없을 수밖에 없다. 한때는 '자식들을 위한 숭고한 희생'으로 미화되기도 했지만 이제는 아니다. 자신들의 노후를 준비하기 위해 자식들에게 들어가는 비용을 줄이거나 적당한 시기에 끊어야 한다. 오죽하면 자식을 버리라는 말까지 나올까. 나를 돌아보고, 우리 부부의 삶을 돌아볼 시간이다.

예전처럼 자식이 부모를 봉양하는 시대도 아니다. 결국 끝에 남는 것은 부부다. 죽을 때까지 경제력이 뒷받침되지 않으면 백년해로는 물 건너간다.

극단적인 사례이긴 해도 덴마크 이야기를 먼저 꺼내보자. 덴마크의 대학 진학률은 40%도 되지 않는다. 교육열 끝판왕인 우리나라의 70%에 비하면 턱도 없이 낮다. 60%가 넘는 학생들이 중학교나 고등학교만 졸업하고 산업 현장에 뛰어든다. 적어도 만 18세가 되면 돈을 벌기 시작한다는 말이다. 성인으로 인정받고, 경제력도 있으니까 부모로부터 독립한다. 만일 직장이 가깝거나 다른 여건 때문에 고등학교 졸업 이후에도 부모 집에서 산다면 하숙비에 해당하는 돈을 부모에게 드리는 경우가 대부분이라고 한다.

우리 부부에게 이 이야기가 꽂혔다. 한국에서 부모가 고교까지만 책임진다는 것은 비현실적이다. 우리 부부는 대학까지 책임지자고 합의했다. 이럴 때는 죽이 척척 맞는다. 두 딸에게 선포했다.

"우리는 너희들 대학까지 책임지겠다. 그다음부터는 너희 몫이다. 이후에 함께 산다면 덴마크처럼 하숙비를 내라."

당시에는 매정한 부모처럼 보였겠지만 다행히 딸들도 크게 반발하지 않고 수긍했다. 그리고 지금 실천하고 있다. 미국에서 대학원 공부 중인 큰 딸은 장학금도 받고 조교도 하면서 학비와 기숙사비, 생활비를 모두 자신이 해결한다. 취업에 성공한 둘째 딸과는 노사협상(?) 끝에 한 달에 20만 원씩 받기로 했다. 오피스텔이나 원룸 월세에 비해 턱없이 싸긴 하지만 약속을 지킨다는 상징적인 의미로 받아들이기로 했다. 지금도 매달 자동이체로 20만 원씩 꼬박꼬박 들어온다.

우리 부부의 노후 대비는 20년 전 잠깐 미국 생활을 할 때

이미 방향을 정했다. 우리야 어차피 1년짜리 단기 생활이니까 월세 아파트에서 살았지만 미국인 대부분은 하우스(주택)에서 산다. 이 사람들 사는 모습을 가만히 지켜보고 있자니 꽤 합리적이고 그럴 듯하다는 생각이 들었다.

집값의 5%만 있으면 모기지론(mortgage loan:은행이 집을 담보로 자금을 장기로 빌려주는 제도)을 이용해 집을 살 수 있다.

2만 5,000달러(약 3,000만 원)로 50만 달러(약 6억 원)짜리 집을 사는 것이다. 그리고 30여년에 걸쳐 원리금을 갚아나간다. 그러니 보통의 월급쟁이들 생활은 정말 빠듯하다. 55세 즈음에 지긋지긋하던 모기지론이 끝나면 온전한 내 집을 갖게 되고, 연금이 나오는 60세가 되면 대부분 은퇴한다. (20년 전에는 미국의 공적 연금 지급 시기가 60세부터였으나 미국 역시 고령 사회로 접어들면서 지금은 65세가 됐다)

은퇴를 하면 제일 먼저 하는 일이 집을 줄이는 것이다. 자식들도 이미 다 독립했으니 큰 집에서 살 이유가 없다. 더구나 나이가 들어 집을 관리하기도 힘들다. 주택에서 살아본 사람들은 알겠지만 아파트에 비해 손을 봐야 할 일이 많다. 더구나 미국은 인건비가 비싸 웬만한 일은 자신이 직접 해야 한다. 50만 달러짜리 집을 팔고, 방 두 개짜리 작은 콘도미니엄(약 20만~25만 달러)을 산다.

(미국의 아파트먼트와 콘도미니엄은 우리와 개념이 다르다. 아파트는 개

인 소유가 아니라 월세 공동주택이고, 콘도는 개인 소유인데 관리만 공동으로 하는 주택이다. 우리의 아파트 개념이다)

그러면 25만 달러 정도의 현금을 손에 쥐게 된다. 정부에서 주는 연금은 생활비로 쓰고, 집을 줄여서 생긴 현금으로 여행이나 취미 생활을 즐기는 것이다. 일반 서민들은 당연히 상속의 개념이 거의 없다.

우리 부부 둘 다 이게 참 괜찮은 방법이라고 생각했고, 우리도 나중에 은퇴 후에 이렇게 살자고 합의했다. 연금은 생활비로 쓰고, 여행 등 여가활동비는 집을 줄여서 생기는 자금으로 하자. 이것이 우리의 노후 대책이다.

딸들이 자기 앞가림을 잘해줬기도 했지만 우리는 사교육비로 많은 비용을 쓰지 않았다. 80점 이상이면 좋고, 90점 이상이면 아주 좋다고 생각했기 때문이다. 이런 태도 때문에 딸들로부터 "아빠, 엄마는 우리 성적에 관심이 없다"는 오해를 받기도 했다.

대학 등록금까지는 우리가 부담했으나 졸업 이후에는 돈 들어갈 일이 없었다. 앞으로도 결혼 비용을 제외하면 목돈 쓸 일이 없다.

나는 62세부터 국민 연금을 받게 되고, 아내는 뒤늦게 다시 교사 생활을 했지만 그래도 퇴직 후에 약간의 공무원 연금을 받을 수 있다. 그걸로 생활비는 충분히 가능하다. 그리고 아내 퇴직 후에 집을 줄이거나 지방으로 이사하면 얼추 계획대로 진행된다.

산과 바다가 함께 있는 곳을 좋아해서 한때는 퇴직 후에 속초나 제주도에서 살면 어떨까 생각했는데 어느새 그곳도 집 값이 엄청나게 올라서 없던 일로 했다.

이렇게 보면 나와 아내의 경제관이 비슷해서 참 쉽게 노후 대비를 했다고 생각할 것이다. 낭비하지 않고 잘 모으는 면은 처음부터 비슷했지만 전체적인 경제관은 많이 달랐다. 나는 어려운 형편에서 자랐으나 체면이나 형식을 매우 중시했던 반면 아내는 나보다 좋은 환경이긴 했어도 매우 실용적인 '짠순이'였다. 한동안은 서로의 경제관이 못마땅해서 티격태격하기도 했다. 나는 손해를 보더라도 쓸 때는 써야 한다고 주장했고, 아내는 실속 없이 체면치레에 열중하는 나를 타박했다.

부부는 닮는다고 했다. 같이 살다 보니 나는 쓸데없이 허세를 부렸던 부분을 반성하게 되고, 아내는 조금씩 여유가 생겼다. 그렇게 맞춰진 결과가 노후 대비에 대한 거의 완벽한 합의다.

노후에 대한 걱정이 없어지니 자연스레 돈에 대해서도 관대해진다. 아등바등하지 않게 됐다는 말이다. 참 다행이다.

잘 주고, 잘 받기

받는 것을 싫어하는 사람이 있을까. '공짜라면 양잿물도 마신다'는 말도 있듯이 누가 뭐든지 준다고 하면 좋은 게 인지상정이다. 기본적으로 인간관계는 주고받는(give & take) 관계다. 비율의 문제일 뿐이다. 많이 주고 적게 받는 사람이 있고, 적게 주고 많이 받는 사람이 있다. 아주 드물게 안 주고 안 받는 사람이 있고, 받기만 하고 주는 게 없는 사람도 있을 수 있다. 주기만 하고 받지 않는 사람은 없다고 봐야 한다.

안 주고 안 받는 사람은 사회생활을 하지 않아야 가능하다. TV 프로그램인 '나는 자연인이다'에 등장하는 자연인들이 이런 부류다. 그냥 산 속에 혼자 살면서 자급자족이 가능한 사람들. 이 사람들을 제외하면 안 주고 안 받으면서 살 수는 없다. 부분적으로 안 주고 안 받을 수는 있다. 축의금이나 조의금 같은 경우다. 은퇴 이후에 수입이 끊기면 부조의 부담이 엄청 커진다. 평소 같으면 당연히 챙겨야 하지만 챙겨야 할 사람이 너무 많다. 꼭 필요한 사람만 추리기도 힘들다. 그래서 아예 안 주고 안 받는다는 사람도 주위에 생겨나고 있다. 내가 가지도 않지만 나의 경조사도 알리지 않는다. 자칫 고립될 가능성이 있지만 경제 사정을 고려한 고육지책이다.

받기만 하고 주지 않는 사람은 '구두쇠'다. 내 것을 누구에게 준다는 생각이 아예 없다. 돈은 물론이고 시간과 노동(품앗이나 봉사) 같은 것도 주지 않는다. 일단 들어가면 나오지 않는다. 차라리 안 주고 안 받으면 좋으련만 이런 사람들은 자기 것은 엄청 챙긴다. 받아야 할 게 있으면 반드시 받아낸다. 조금의 손해도 용납하지 않는다. 심지어 남의 것 마저도 빼앗으려 든다.

부부의 경우는 어떨까. 예전에 아내가 남편의 그림자였던 시절, 아내의 '절대 희생'을 강요했던 시절에는 부부가 아니라 거의 주종 관계였고, 아내를 노예 취급 했던 적도 있었다. 100대 0은 아니라도 거의 근접할 정도로 일방적인 관계였다. 그리 멀지 않은 과거의 일이다.

요즘도 그런 잔재가 남아있는 부부가 있긴 하다. 가정 폭력이나 이혼 상담 사례를 보면 아직도 이런 부부가 있다는 게 믿기지 않을 정도다. '황혼 이혼'을 하는 사람들은 그나마 깨어있거나 주변의 도움을 받을 수 있는 사람이다. 경제력이 없거나 폭력이 두려워서 아예 이혼 자체를 생각하지 못하는 사람들도 있다.

이런 특수한 경우를 제외하고 일반적인 부부의 경우를 보자. 대부분은 받고 싶어한다. 자연스럽다. 사랑도 받고 싶고, 관심도 받고 싶고. 그런데 '내가 더' 받고 싶기 때문에 하모니가 깨진다.

가수 노사연-이무송 부부의 '깻잎 사건'은 TV를 통해 유명해졌다. 여러 사람이 함께 하는 식사 자리에서 여자 후배가 깻잎 장아찌를 떼려고 하자 이무송 씨가 젓가락으로 깻잎을 눌러줬다는 것이다. 집에 가서 대판 싸웠다고 했다. 이무송 씨는 여전히 이해할 수 없다는 표정으로 "아니, 깻잎 떼기 힘들어서 떼기 편하라고 살짝 눌러준 게 잘못한 거야?"라고 하자 노사연 씨가 "나한테는 안 해주던 걸 그 여자 후배한테만 해주니까 그렇지"라고 맞받았다. 속으로 뜨끔했다. 나도 예전에 그 비슷한 경험이 있었기에.

이건 이무송 씨가 잘못했다고 봐야 한다. 아내가 없는 자리

라면 몰라도 아내가 버젓이 옆에 있는데도 그랬다면 화를 낼
만하다. 아내보다 다른 사람을, 더구나 여자 후배를 '더' 챙겼
기 때문이다.

　양성 평등의 개념으로 접근하면 남편과 아내가 50대 50으
로 주고받는 게 이상적이라고 생각할 수 있다. 하지만 물리적
으로 불가능할뿐더러 이게 결코 바람직한 것도 아니다. 바람
직한 부부 관계를 꼭 수치로 보여줘야 한다면 50대 50이 아
니라 100대 100이 돼야 한다. 이 수치는 비교의 대상이 아니
며 비중도 아니다. 똑같은 비중으로 '내가 하나 줬으니 당신
도 나에게 하나를 줘야 한다'가 아니라는 말이다. 50대 50이
라고 했을 때는 이런 개념으로 받아들이기 쉽다.
　100대 100은 비교가 아니라 그냥 내가 줄 수 있는 모든 것
을 준다는 개념이다. 남편이 아내에게 줄 수 있는 모든 것을
주고, 아내도 남편에게 모든 것을 주는 것이다. 그러나 남편
과 아내의 그릇이 다를 수 있다. 남편의 100은 100개인데 아
내의 100은 500개가 될 수도 있다. 만일 두 사람이 모두 최선
을 다해 서로에게 줬다면 100대 500이 아니라 100대 100이
된다.

　주는 게 좋은 사람이 있다. 거창하게 '베푸는 삶'이라고 부

르지 않더라도 내가 뭘 해줬을 때 상대방이 기뻐하는 모습을 보며 행복해하는 사람들이다. 어떤 계기가 돼서 후천적으로 베푸는 삶을 살기 시작한 사람도 있지만 대부분은 천성이다. '측은지심(惻隱之心)'이 강하다. 누가 시킨 것도 아닌데 그냥 주고 싶어 한다.

나의 큰 형님이 그렇다. 뭘 주는 게 몸에 배어있다. 낚시해서 잡은 생선 나눠주는 것은 물론이고, 시골에서 친구가 보내준 채소도 나눠준다. 휴게소에 들리면 그냥 지나치는 법이 없다. 온갖 군것질거리에다 쓸모없는 잡동사니까지 사와서 나눠준다. 어렸을 때는 더 심했다. 우리 집도 여유 있는 형편이 아닌데 주위에 불쌍한 사람이 있으면 점퍼도 벗어주고 운동화도 벗어주고 왔다. 이 정도에 그쳤으면 좋으련만 고교 시절 등록금을 내지 못하는 친구가 안타까웠다. 도와주고는 싶은데 무슨 돈이 있나. 고민하다가 어머니의 금반지를 훔쳐서 친구에게 줬단다. 이건 도둑질이지. 한동안 모르고 있었는데 어느 날 어머니가 서랍에 있던 금반지가 없어졌다고 온 집안을 다 뒤집어 놓으니까 그제야 슬그머니 자백을 했다. 뭐든지 과하면 모자람만 못한 법이다.

그 사건 이후로 과한 것은 없어졌지만 결혼을 하고 나서도 자꾸 퍼주려는 형님 때문에 형수님이 마음고생을 많이 했다. 형님이 한국에 있을 때는 중학교 국어 교사였는데 미국 이민을 간 뒤 신학을 공부해서 목사님이 됐다. 측은지심, 자꾸 주고 싶은 마음, 베풀고 싶은 성격에 딱 맞는 역할을 찾은 것이다.

이처럼 성공 사례도 있지만 서로 주려다가 생기는 불상사도 있다. 남자들끼리 식당에 가서 서로 계산하겠다며 옥신각신하는 장면을 심심치 않게 본다. 여자들이 이러는 경우는 거의 보지 못했는데 남자들에게는 과시욕과 자존심이 복합적으로 작용하는 것 같다. 그런데 실랑이하다가 한 사람이 못 이기는 척 그만두면 되는데, 둘 다 끝까지 버티다가 그만 싸움으로 번지기도 한다. 승강이하는 중간에 누군가가 상대를 무시하는 말을 살짝만 비춰도 100%다. 서로 밥 사려다가, 잘 해주려다가 일어나는 일이다.

이게 뭘 의미하는 걸까. 서로 받으려고만 해도 안 되지만 서로 주려고만 해도 안 된다는 말이다. 상대가 줄 때 나는 잘 받아야 하고, 내가 줄 때는 상대가 잘 받아야 한다. 그래야 주는 사람도 기분이 좋고, 받는 사람도 기분이 좋다. 이것이 현대적 의미의 궁합이다.

상대의 호의를 극구 사양하는 사람이 있다. 상대를 배려해서 '그렇게까지 해주지 않아도 된다'는 표시인데 상대방은 무시당했다는 사인으로 받아들일 수가 있다. 잘 주는 것도 기술이고, 잘 받는 것도 기술이다.

야구 경기의 투수와 포수의 관계에서 극명하게 드러난다. 시속 160km가 넘는 강속구를 던지는 투수라도 포수가 그걸 제대로 잡아주지 못하면 불안해서 힘껏 던질 수가 없다. 폭포수처럼 크게 떨어지는 커브가 장점인 투수인데 포수가 수시로 뒤로 빠뜨린다면 주자 3루의 위기에서는 자신의 가장 위력적인 공을 던질 수가 없다. 실제로 너클볼(knuckle ball) 투수가 이 공을 잡아줄 포수가 없어서 던지지 못한 경우도 있다. 너클볼은 손가락 관절(knuckle)을 구부린 채 공을 잡고 밀어서 던지는 공이다. 회전이 없기 때문에 공기의 저항에 따라 공이 움직여 타자가 볼 때는 마치 둥실둥실 떠오는 것처럼 보인다고 한다. 그런데 재미있는 사실은 너클볼은 타자도 맞추기 힘들지만 포수도 잡기 힘든 공이라는 것이다. 탁월한 투수가 탄생하려면 탁월한 포수가 필요하다.

부부도 이래야 한다. 잘 주고, 잘 받아야 한다. 서로 달라고만 해도 싸우고, 서로 주겠다고만 해도 싸운다. 기분 좋게 받아주고, 감사의 표시를 아끼지 않는다면 또 주고 싶지 않겠는가.

말은 쉽지만 실제로 부부끼리 잘 주고 잘 받기가 어렵다. '도둑질도 손발이 맞아야 한다'는데 잘 해주고 싶어도 해줄 수가 없다. 모처럼 큰 맘 먹고 선물을 준비했는데 "이런 거 말고 차라리 돈으로 달라"는 소리를 들으면 정말 김이 팍 샌다.

반대로 "명품 백 사 달랬지 누가 이따위 싸구려를 달라고 했나"며 타박이라도 하면 다시는 선물 같은 거 해주고 싶은 마음이 싹 달아난다.

오랜만에 "오늘 아빠가 한 턱 쏜다"며 의기양양하게 가족들 데리고 근사한 이탈리아 레스토랑에 갔는데 아내가 "뭐하러 이렇게 비싼 데를 와. 이 돈이면 한 달 반찬값인데" 하고 구시렁대기에 "내가 두 번 다시 가족 외식하러 나오면 개새끼"라고 소리치고 바로 나왔다는 사람도 있다. 그날 대판 싸운 것은 물론이다.

아내도 이런 적이 있었다. 그렇게 고급 음식점이 아니었는데도 "이런데서 돈 쓰지 말고 집에 가서 먹자"고 했다. 답답했다. "여보, 회사 후배들에게는 이보다 더 좋은 곳에 가서 사줄 때도 있어. 심지어 일 때문에 만난 사람에게 사주기도 해. 그런데 내 가족을 위해 이 정도도 못한다면 너무 슬플 것 같아."

결혼하고 5년 정도 지나서 캐나다에 출장 갔던 때 일이다. 저녁에 현지 교민이 모피 자랑을 했다. "한국 모피와는 차원이 다르다"며 모피 상점에 우리를 데리고 갔다. 모피 문외한인 내 눈에 보기에도 정말 좋아 보였다. 모피 코트는 언감생심이고, 은 여우 목도리에 꽂혔다. 털도 풍성하고 윤이 반질반질한 게 욕심이 났다. 그런데 아내가 과연 좋아할까. 평소 아내의 소비 행태를 봐서는 '내가 언제 은 여우 목도리를 하겠나. 쓸데없는 데 돈 썼네'라고 타박할 것 같았다. 고민하고 또 고민하다가 결국 포기했다. 집에 와서 아내에게 말하니 곧바로 "사갖고 오지"라는 말이 툭 튀어나왔다. 후회했다. 내가 아직도 아내를 잘 모르고 있구나.

지금은 우리 부부, 잘 주고 잘 받는다. 은 여우 목도리는 비록 없어도 때마다 꽃도 주고받고, 목걸이도 주고받고, 옷도 주고받는다. 줄 때 트집 잡지 않기, 받을 때 "고맙습니다" 인사하기 원칙만 잘 지키면 아무 문제없다.

삼식이 새끼 vs 삼식 님

'은퇴한 남자들이 요리학원에 등록해서 요리를 배우고, 화장실 좌변기에 앉아서 소변을 본다.'

벌써 20여 년 전 일본 아사히신문이 일본 사회의 새로운 현상이라며 보도한 내용이다. 은퇴함과 동시에 '황혼 이혼' 위기에 직면하는 일본 남자들이 아내의 눈치를 보고, 아내에게 요리라도 해줘서 '존재의 이유'를 증명하기 위함이라고 했다.

당시 이 얘기를 들었을 때는 '초식남'이라고 하더니 역시 일본 남자들 참 찌질하다고 생각했다. 그런데 이제 한국에서도 그런 현상이 나타나고 있다.

일본은 20년 동안 이런 현상이 더욱 확산돼 2017년 일본 화장실연구소가 일본의 20세에서 69세 남자를 상대로 조사한 결과 무려 44%가 앉아서 소변을 본다고 응답했다고 한다. '은퇴한 남자'가 아니라 '20~69세 남자'들의 절반이다.

한국은 이제 시작이다. 고백하자면 나도 몇 년 전부터 앉아서 소변을 보기 시작했다. 안방에 들어온 딸이 "안방 화장실에서 지린내가 난다"고 말한 게 계기였다. 나는 전혀 느끼지 못했는데 아내를 쳐다보니 고개를 절레절레 흔든다.

"그동안 내가 참고 살았지."

화들짝 놀라서 즉시 고쳤다. 처음에는 좀 이상했는데 따지고 보면 대변 볼 때와 같은 자세인데 이상할 것도 없었다.

그 후에 우연히 기사를 검색하다가 재미있는 내용을 발견했다. 일본의 생활용품 메이커인 라이온 사가 실험을 했는데 남자가 하루에 7차례 좌변기에 서서 소변을 볼 경우 미세한 오줌방울을 포함해 무려 2,300방울이나 변기 주변 바닥에 튀었다는 것이다. (참, 이런 것도 실험하는 회사가 있다는 게 신기할 뿐이다)

이러니 안방 화장실에서 지린내가 날 만했구나. 소변을 보는 즉시 바닥 청소를 하지는 않으니 지린내는 필연적일 수밖에 없다. 좌변기 좌대조차 올리지 않고 소변을 보는 남편 때문에 여전히 수많은 부부가 언쟁을 하는 한국의 현실에서 '앉아서 소변'은 아직 먼 나라의 일이다. 남자의 체통을 갉아먹는 해괴망측한 이야기를 늘어놓는 나를 비난하는 목소리가 여기저기서 들리는 듯하다.

하지만 자기 집 화장실에 남성용 입식 소변기가 따로 있지 않고 좌변기만 있다면, 소변을 본 즉시 자신이 화장실 바닥 청소를 하지 않는다면 '앉아서 소변'은 아내뿐 아니라 모두를 위한 해결책이라고 생각한다.

한국에서도 이제 요리학원에서 요리를 배우는 남자가 늘어나고 있다. 이 현상은 꼭 아내를 위한 것만은 아닌 것 같다. 워낙 '먹방'이 유행이고, 남자 셰프들이 등장하는 프로그램들도 많다 보니까 자연스레 몰리는 현상이 아닐까.

한동안 세간에 오르내리던 우스갯소리 중에 '영식 님, 일식이, 이식이 놈, 삼식이 새끼'가 있었다. 여자들 입장에서 볼 때 집에서 한 끼도 안 먹고 모두 밖에서 해결하는 남편은 아내 편하게 해주는 최고의 남편이고, 삼시 세끼 다 집에서 먹는 바람에 아내를 옴짝달싹하지 못하게 하는 남편은 욕을 먹어도 싸다는 말이다.

그런데 이게 시대가 변하면서 방향을 틀고 있다. 전체적인 구조야 바뀌지 않았지만 맞벌이 부부가 대세에다 요리에 관심 있는 남자들이 많아지면서 살짝 변화가 감지되고 있는 것이다.

방송에서도 확인할 수 있지만 대형 음식점의 유명 요리사는 대개 남자다. 요리하는 사람의 대다수는 여자인데 왜 유명 셰프는 남자가 많을까. 혹시 선천적으로 남자가 여자보다 요리를 더 잘하는 것이 아닐까.

　나도 시간이 많아지다 보니 요리에 약간 관심을 갖게 됐다. 요리 학원까지는 다니지 않지만 요리 방송도 관심 있게 보고, 요리책을 보거나 블로그를 찾아보면서 이것저것 만들어본다. 그런데 딸의 반응은 "엄마가 한 것보다 맛있다"다. 이게 아빠를 더 부려먹으려는 고도의 전술(?)인지는 모르겠지만 어쨌든 기분은 좋다. 요리 초보자인 내가 수십 년 경력의 아내보다 낫다면 비결은 하나다. 책에서 하라는 대로 잘 따라했기 때문이다. 유명 요리사들이 오랫동안 연구해서 가장 좋은 맛을 내는 레시피를 써놓았으니 그대로 따라 하기만 하면 대강 비슷한 맛이 나올 수밖에 없다. 그러니 이건 내 솜씨가 아니라 그 요리사의 솜씨다.

　그런데 아내가 요리할 때 보니 레시피는 무시한다. 대충 그동안 자신이 해왔던 방식대로 한다. 재료가 없으면 없는 대로, 모자라면 모자란 대로 한다. "레시피에 따르면 간장은 큰 스푼으로 4개, 맛술 1스푼" 하면 "그걸 언제 다 일일이 재나"며 자기 마음대로다. 그러니 손맛에 따라, 있는 재료에 따라 맛있는 음식과 맛없는 음식이 동시에 나온다.

자연히 내가 잘하는 음식과 아내가 잘하는 음식이 나눠지게 됐다. 대부분 남자가 그렇듯이 라면이야 원래 내가 잘 끓였지만 볶음밥, 김치찌개, 어묵 탕, 오므라이스, 오이소박이, 감바스 알 아히요 등도 내 몫이 됐다.

전에는 아내의 공간이었던 주방이 공동의 공간이 되니까 함께하는 시간이 늘어나서 좋다. 누구는 남편이 주방에 오는 것을 싫어한다고 하는데 아내는 함께 식탁을 준비하는 시간이 즐겁다고 한다. 설거지도 함께하니 설거지 시간도 기쁘다고 한다. 주방에서 싹트는 사랑도 색다른 맛이 있다.

50대 후반에 별거를 선언하고 몇 년간 혼자 살았던 선배가 있다. 혼자가 되니 심심해서 요리학원에 다녔다. 의외로 요리가 재미있어서 한 달, 두 달 다니다 보니 어느새 한식, 양식, 중식 요리사 자격증을 다 땄다. 그러다가 아들 결혼식에서 부인과 어쩔 수 없이(?) 재회하게 됐는데 헤어져 사는 동안 두 사람 모두 외로움을 느꼈는지 아들 결혼식을 계기로 다시 합쳤다.

마치 이런 날을 기다렸다는 듯이 그동안 갈고 닦았던 요리 실력을 맘껏 발휘하기 시작했다. 이전과 완전히 달라진 남편의 서비스에 아내의 감동이 증폭되었음은 물론이다. 남편이 나를 위해 요리를 해주다니. 더구나 맛도 좋아. 매일 외식하는 느낌으로 사니까 뒤늦게 이게 행복인가 싶다. 남편은 남편 대로 자신이 해준 요리를 맛있게 먹고 감동하는 아내를 보면서 기쁨을 느낀다. 매일 아침 '오늘은 무슨 메뉴로 아내를 감동시킬까' 고민한다고 한다.

"나도 삼식이야. 아내에게 삼시 세끼 얻어먹는 삼식이가 아니고, 삼시 세끼 차려주는 삼식이."

이건 삼식이가 아니라 당연히 '삼식 님'이다. 밥은 아내가 차려주는 것이라는 고정 관념의 판을 완전히 깨는 혁신이다.

미국이나 유럽에서 아내에게 밥상을 차려주는 남편의 모습은 그리 낯설지 않다. 이유는 여러 가지다. 맞벌이인데 남편이 더 시간 여유가 있는 경우는 당연하고, 한식 상차림과 달리 식사 준비하는데 복잡하지 않고, 어렸을 때부터 아버지가 요리하는 모습을 보고 자랐기 때문이다.

한국에서도 살림하는 남자들이 늘어나고 있고, 아예 '전업주부'를 선언한 남자들도 등장했다. 하지만 아직은 시작이다.

내 주위의 은퇴한 남자 대부분은 자신이 '삼식이 새끼'로 취급받는 것에 대해 엄청나게 분노한다.

"30년 넘게 가족 먹여 살리느라 회사에서 온갖 욕 먹어가며 잠도 제대로 못자고 스트레스 받으면서 살았는데 은퇴 후에 집에서 쉬면서 조금 대접받는 게 뭐가 그리 잘못이냐. 그동안 집에서 삼시 세끼 먹은 적이 있느냐. 하루 한 끼도 겨우 차려줄까 말까 했으면서 이제 겨우 하루 세 끼 차려주는 게 뭐가 그리 억울하냐."

얼마든지 그런 불만을 얘기할 수 있다. 오랜 시간 힘들게 일했으니 불평할 자격도 충분히 있다. 하지만 남편만 힘든 시간을 보냈고, 아내는 그 시간에 집에서 놀고, 낮잠이나 자면서 편하게 보낸 게 아니라면 얘기가 달라진다. 육아나 자녀 교육, 집안 살림살이에 남편들이 얼마나 신경을 썼나.

나는 7남매 중 여섯째다. 아버지는 중학교 교사였다. 교사 외벌이 월급으로 자식 일곱을 모두 대학 보낸 것만 해도 기적인데, 1973년에는 한꺼번에 대학생만 세 명이었다. 둘째 형이 군대 제대하고 복학해서 3학년, 누나가 4학년이었고, 셋째 형이 1학년이었다. 당시 아버지의 월급이 10만 원 정도였던 걸로 기억한다. 정확하진 않다. 대학생 세 명의 한 학기 등록금만 30만 원을 훌쩍 넘었다. 아무리 계산해도 답이 나오지 않는다. 어떻게 그게 가능했을까. 장학금을 받고, 아르바이트를 한다 해도 돈을 빌릴 수 있는 곳에는 모두 손을 벌렸을 테고, 한동안 극도로 궁핍한 생활을 해야 했다. 그때 우리 식구들이 뭘 먹고 살았는지 모르겠다. 뭐라도 먹긴 먹었으니까 살았겠지. 그러고도 모두 무사히 졸업을 한 것은 기적이라는 말로도 부족하다.

아버지는 좋아하던 커피도 끊고 월급을 봉투째 고스란히 내놓았지만 나머지는 다 어머니의 몫이었다. 아버지는 지금도 수시로 "어머니 아니었으면 불가능했을 것"이라고 하신다.

남편과 아내 중 누가 더 고생을 했나, 지금 살 만하게 된 게 누구의 덕분이냐를 따지는 것은 의미가 없다. 부부는 운명 공동체이기 때문이다.

나만 고생했다고 생각하니까 불평이 나온다. 부부가 함께 고생하고 노력해서 위기를 극복했다고 생각한다면 은퇴 이후에도 달라질 게 없다.

앞에서 말한 '삼식 님'이 앞으로도 계속 쭉 '삼식 님'으로 살 수는 없다. 뭐든지 한쪽으로 심하게 기울어지면 문제가 생기는 법이다. '삼식이 새끼'도 좋지 않지만 '삼식 님'도 바람직하지 않다.

부부가 함께 밥상을 준비한다면 금상첨화일 것이다. 하지만 그것 역시 아직은 너무 이상적인 이야기다. 현실적으로 일주일에 한 끼라도 남편이 아내를 위한 밥상을 차려준다면 화목한 가정을 자신해도 좋을 것이다.

같이 또 따로, 따로 또 같이

부부가 평생 함께 지내는 시간은 얼마나 될까. 30세에 결혼해서 90세에 죽는다면 60년을 함께 사는 셈이다. 그러나 현실에서 회혼식을 하는 부부는 아주 드물다. 그럼 50년이라고 치자.

맞벌이 부부의 경우를 보자. 결혼해서 30년 동안은 서로 직장 생활을 하느라고 평일 낮에는 떨어져 있다. 저녁에도 각종 약속에다 야근(주 52시간 근무로 야근이 많이 없어지긴 했다)으로 부부가 얼굴을 맞댈 수 있는 시간은 많지 않다. 많이 양보해서 평일에는 잠만 집에서 잔다고 계산하자.

그래도 주말 이틀씩, 1년에 100일 이상은 함께 지낼 수 있다. 30년이면 3,000일이다. 은퇴 이후 20년 동안은 거의 매일 함께 지낸다고 보면 7,200일이다. 합치면 1만 일이 넘는다.

계산상으로 그렇다는 말이다.

　이 터럭같이 많은 날에 함께 무엇을 할까. 젊었을 때야 자식 낳고 키우는 데 많은 시간을 보내고, 재산 증식과 자식 교육에 힘쓸 때다. 시간이 어떻게 지나가는지 모르기 일쑤다. 그렇게 바빠도 부부는 함께 육아를 하고, 함께 재산을 모으고, 함께 돈을 쓴다. 자식들 다 키우고 경제적으로도 여유가 생긴다면 부부가 함께할 수 있는 것은 무궁무진하게 많아진다.

　부부간에 비슷한 게 많을수록 행복한 결혼생활을 하고, 백년해로할 가능성이 커지는 것은 당연하다. 성격이나 취미, 가정환경, 종교, 가치관 등이 비슷하다면 갈등이 그만큼 줄어들기 마련이다.

　얼마 전 대학 동창 아들이 결혼한다고 해서 결혼식장에 갔다. 신랑 신부 모두 춤추는 사람들이었는데 춤추다 만났다고 했다. 결혼식장에는 전국의 춤 좀 추는 사람들이 모두 모여든 것 같은 착각이 들 정도였다. 결혼식 오프닝부터 남달랐다. 축하객들이 먼저 춤을 추면서 들어오더니 뒤이어 신랑도 춤을 추면서 입장했다. 축가 대신 동료가 춤으로 축하행사(축무라고 해야 하나)를 하는데 중간에 신랑이 합세해 함께 춤을 췄다. 나중에는 신부도 웨딩드레스를 입은 채 춤을 추는데 프로

페셔널답게 드레스 차림으로도 정말 잘 췄다. 한 마디로 신나는 결혼식이었다. 여기저기서 "천생연분"이라는 축하 말들이 쏟아졌다.

앞으로 살아가면서 경제 문제를 비롯해서 결혼 생활을 방해하는 수많은 난관에 부딪힐 것이다. 하지만 이 부부가 문제를 풀어가는 방식은 비슷하지 않을까 생각한다.

'둘이 너무 비슷해서 사는 게 지루하다'고 푸념하는 부부가 있기는 있는데 이건 과장이거나 푸념을 빙자한 자랑이다. 반대로 외관상 '달라도 너무 다른' 부부는 주변에서도 많이 보인다.

지인 중에 부부끼리 아주 친한 사이가 있다. 두 부부가 걸핏하면 함께 식사하고, 함께 골프치고, 같이 여행도 다닌다. 그런데 정말 이해할 수 없는 게 입맛이다. 한 커플은 남편이 육류를 좋아하고 아내는 해산물을 좋아한다. 다른 커플은 반대로 남편이 해산물을 좋아하고 아내가 육류를 좋아한다. 그러니 식당에 가면 희한한 광경이 벌어진다. 식탁에서만은 파트너를 바꾸는 것이다. 솔직히 저러다 무슨 일이라도 나면 어떻게 하나 하고 걱정스런 눈길로 본 적도 있다.

입맛도 다르고, 성격도 다르고, 취미도 다른 부부를 보면 어떻게 두 사람이 결혼했을까 하는 의문이 든다. 하지만 이들도 뭔가 비슷하거나 끌리는 면이 있었으니까 결혼했을 것이다.

많은 부부가 범하기 쉬운 잘못이 배우자를 억지로 나의 편으로 끌어들이려고 하는 것이다. 내가 좋아하는 것을 배우자도 좋아하기를 바라는 것은 당연하다.

나는 사이클 광인데 아내는 사이클을 전혀 타지 못한다. 그러면 당연히 가르쳐 줄 것이다. 아내가 뒤늦게 사이클의 재미를 발견해서 여가 시간에 같이 사이클을 즐긴다면 금상첨화다. 낚시, 모터사이클, 등산, 캠핑, 스키, 와인바 등등. 하지만 그럴 가능성보다 그렇지 않을 가능성이 더 크다. 처음 몇 번은 같이 하겠지만 아닌 것은 아닌 것이다. 억지로 맞추려고 무리하다 보면 부부 사이에 금이 갈 것이다. '한 쪽의 즐거움이 다른 한 쪽의 괴로움이 될 수 있다'는 사실을 인정해야 한다.

'시간이 걸리더라도 부부간에 맞춰가야 하는 것 아니냐'고 반론할 수 있다. 그것은 부부 모두 동의할 경우에만 맞다. '지금은 비록 잘 못하지만 열심히 노력해서 나도 함께 즐기도록 하겠다'는 동의가 있다면 전혀 문제될 게 없다. 그러나 한쪽이 일방적으로 끌고 간다면 다툼의 원인이 될 수 있다.

다른 것을 억지로 맞출 필요는 없다. 다른 것은 각자 즐기면 된다. 네가 사이클 타러 간 시간에 나는 그림을 그리는 식이다.

대신 같은 것, 비슷한 것을 찾아내서 함께 즐기는 쪽으로 가는 게 현명한 방법이다. 약점을 보완하는 것보다 장점을 더욱 극대화하는 것이 쉽고, 더 효율적이라는 말과 일맥상통한다.

부부라면 반드시 함께 좋아하는 것이 있기 마련이다. 꼭 같은 것이 아니더라도 비슷한 성향끼리 좋아하는 것이 드러나게 돼있다. 한참 후에 발견되기도 한다.

나는 원래 운전하기를 싫어했다. 택시나 버스를 타고 갈 때에도 도로가 막히면 괜히 짜증이 났다. 길거리에서 시간을 낭비한다는 생각 때문이었다. 내가 운전을 하지 않아도 짜증이 나는 데 운전을 하면 오죽 하랴 싶었다. 서울이라는 곳이 운전하기에 좋은 여건은 결코 아니다. 결혼 이후에도 대중교통을 이용했지만 첫 애를 낳고 난 뒤 택시 잡기가 너무 힘들어 할 수 없이 차를 샀다. 운전이 싫었으니 드라이브 여행은 머나먼 얘기였다.

그러다가 반전이 왔다. 1999년 8월부터 1년간 미국에서 연수할 기회가 생겼다. 알다시피 미국은 자동차의 나라다. 자동차 없이는 꼼짝도 할 수 없다. 샌프란시스코 근교에 살았는데 어느 날 교민 중 한 사람이 "오늘 LA를 다녀왔다"고 했다. 샌프란시스코에서 LA를 당일치기로 다녀왔다고? 직선 코스인 5번 프리웨이로 가도 약 400마일, 600km가 넘는 거리를 왕복했으니 하루에 1,200km를 넘게 달렸다는 거다. 서울에서 부산까지 거리가 약 400km이니 서울에서 부산까지 왕복하고 다시 부산까지 갔다는 계산이다. 도저히 믿을 수 없었지만 그분은 충분히 가능하다고 했다. 미국에서 2시간 거리는 옆집 다녀오는 거라는 허풍(?)과 함께.

나도 용기를 내서 자동차 여행을 계획했다. 지도를 보고 하루에 운전이 가능한 거리를 열심히 계산했다. 하루에 400마일이라도 가능할까. 그때까지 그렇게 장거리를 운전해본 경험이 없었기에 겁이 나기도 했다. 그러나 막상 달려보니 미국 도로가 워낙 좋아서 생각보다 운전이 쉬웠다. 나는 내비게이션보다는 지도를 선호하는 아날로그 스타일이라서 아내가 옆에서 지도를 보며 알려주는 게 더 좋았다. 미국 국립공원 위주로 다니다보니 점점 신이 났고 드라이브의 묘미에 빠져들었다.

한국에 돌아와서도 드라이브는 취미가 됐다. 가평, 강화, 포천 등 서울 근교는 물론이고 속초, 양양, 강릉 등 동해안도 좋은 코스다. 통영도 당일치기가 가능하다.

아내와 함께하는 드라이브의 좋은 점은 멋진 경치를 구경하고, 맛있는 것을 먹는 것에 그치지 않는다. 가고 오는 동안 많은 대화를 할 수 있다는 게 가장 좋다. 짧으면 서너 시간, 길게는 여덟 시간 이상 아무 방해도 받지 않고 둘만의 오붓한 공간에서 이야기한다. 오랜 시간 같이 있다 보니 시시콜콜한 얘기까지 다 나온다. 그게 재미있고 즐겁다. 다행히 아내도 그런 시간을 좋아해서 우리는 시간만 나면 차를 몰고 나간다. 드라이브라는 같은 취미를 통해 부부가 함께하는 시간을 즐기다니 정말 바람직하다고 생각한다.

젊었을 때는 여자들이 거의 매일 만나면서도 뭐가 그리 할 얘기가 많은지 이해하지 못했다. 그저 여자들의 특징인 수다라고 생각했다. 그런데 나이 들어가면서 남자들의 수다도 만만치 않다고 느끼기 시작했다. 가만 생각하니 남자와 여자의 차이가 아니라 주제의 문제였다. 얘기할 게 많으면 수다고, 할 말이 없으면 침묵이다. 몇 년 만에 만난 친구와는 할 얘기가 많을 것 같은데 별로 없고, 어제 만났던 친구와는 오히려 할 얘기가 많다. 대화의 본질은 '공통의 주제 찾기'다. 오랫동안 떨어져 살았던 사람과는 공통의 주제를 찾기가 어렵다. 그동안의 히스토리를 모르기 때문이다. 그러나 어제 만났던 친구는 어제의 히스토리를 공유하고 있으므로 어제의 대화가 이어질 수 있다. 어제 이후에 일어난 일은 모두 새로운 이야기다. 마치 일일 드라마 같다.

부부도 마찬가지다. 함께 살고 있으니 대화의 주제는 무궁무진하다. 다만 하지 않을 뿐이다. 말을 많이 하는 것을 극도로 싫어하는 사람이 있다. 말을 많이 하지도 않지만 듣기도 싫어한다. 꼭 할 말만 해야 하고 그 이상은 다 쓰레기라고 생각한다.

하지만 잉꼬부부를 보면 최소한 한 명은 말이 많은 편이다. 둘 다 말이 많다면 옆에서 보기에는 좀 불편할 수 있지만 당사자들은 미주알고주알 별 것도 아닌데 깔깔대고 웃고 행복해한다.

한 명은 말이 많은데 한 명은 과묵한 잉꼬부부도 있다. 한쪽이 그냥 들어주는 사이다. 사촌 형 중에 진짜 '하루에 세 마디만 하는' 경상도 형이 있다. 오랜만에 만났는데도 "왔나" 딱 한 마디하고는 방으로 들어간다. 반면 형수는 항상 즐겁고 재미있는 분이다. 끊임없이 이야기한다. 옆에서 볼 때는 형이 소음 공해에 시달리는 것처럼 보이지만 당사자들은 아주 자연스럽다. 형수가 "오늘 백화점에 갔는데 어쩌고저쩌고" 얘기하면 형은 묵묵히 듣고 있다가 가끔씩 빙긋이 웃어준다. 겉으로 볼 때는 전혀 어울릴 것 같지 않은데 참 재미있게 산다.

만일 둘 다 과묵하거나, 한 쪽이 "아, 시끄러워. 그만해"라는 반응을 보인다면 행복한 부부와는 거리가 멀 가능성이 매우 크다.

서로 말이 많은 부부는 일단 재미있게 사는 부부라고 할 수 있다. 재미가 없다면 계속 말이 많을 수 없다. 그 전에 이미 싸우거나 깨져버리니까. 부부끼리는 무조건 재미있어야 한다. 둘이 재미있게 살려고 결혼하는 거니까. 따로 있을 때는 나 혼자 재미있는 것을 할 수 있으니까 재미있고, 같이 있을 때는 둘이 같이 재미있는 것을 할 수 있으니까 재미있다.

이렇게 써놓고 보니까 글도 재미있네. 그럼 우리 부부는 재미있는 부부인가. 감히 그렇다고 얘기할 수 있다. 일단 내가 말이 많은 편이다. 그리고 아내는 재미있게 들어주고 맞장구도 잘 쳐준다. 부부는 닮는다더니 처음에는 아내가 그리 말이 많지 않았는데 나와 살면서 점점 말이 많아졌다. 가끔 허를 찌르는 예상 밖의 말로 나를 웃길 때가 많다. 나이가 들면서 오히려 애교도 많아졌다.

우리는 같은 취미도 있고, 다른 취미도 있다. 각자 하는 일도 있다. 따로 있을 때는 따로 즐기고, 같이 있을 때는 같이 즐긴다.

이 정도면 재미있는 부부이지 않은가.

2장
여름

부부의 시간은 빨리 간다

맨체스터에서 런던까지 가장 빨리 가는 방법을 놓고 영국 BBC 방송이 현상 퀴즈를 낸 적이 있다. 이제는 많은 사람이 이 내용을 알고 있다. 모든 교통수단이 총동원된, 과학적이고도 계산된 답들을 제치고 1등으로 뽑힌 답은 '좋은 친구와 함께 가는 것'이었다.

좋은 친구와 함께 간다면 시간이 얼마 걸리든, 거리가 얼마나 멀든 전혀 문제가 되지 않는다. 즐거운 시간은 정말 눈 깜짝할 사이에 지나가기 때문이다.

나는 이보다 더 좋은 답이 '사랑하는 배우자와 함께 가는 것'이라고 생각한다. 맨체스터에서 런던까지, 서울에서 부산까지 가는 정도라면 좋은 친구든, 연인이든, 부부든 모두 좋다. 몇 시간이나 며칠 정도는 괜찮다. 그러나 이들은 항상 함께할 수 없다. 만났다 헤어졌다 만났다를 반복해야 한다.

결혼을 하고 나서 가장 좋았던 것이 연애 시절처럼 데이트 후에 헤어지지 않아도 된다는 사실이었다. 신혼 초에 심야 영화를 보고 나서 함께 '우리 집'으로 돌아가는 길이 얼마나 행복했는지 지금도 그때를 생각하면 빙그레 미소가 지어진다.

배우자와 함께 사는 시간이 50년이 넘는다고 했다. 이전까지 부모, 형제자매와 함께 살았던 시간보다 훨씬 많은 시간을 배우자와 보내는 것이다. 평생을 사랑하겠다는 선서를 하고 부부가 된 이 사람과 함께 50년 동안 헤어지지 않는 여행을 한다면 시간은 너무나도 순식간에 지나갈 것이다. 물론 황혼 이혼을 생각하고 있거나 죽지 못해 함께 살고 있는 부부라면 이 말에 전혀 동조하지 않겠지만.

부부는 '같은 곳을 바라보며 사는 사이'다. '부부는 닮는다'는 말은 사실이다. 같은 환경, 같은 상황에서 비슷한 희로애락을 겪다 보면 같은 얼굴근육을 주로 사용하게 된다. 그러니 이목구비가 전혀 다른 얼굴이라 하더라도 비슷한 인상으로 변하고, 다른 사람의 눈에는 '닮았다'고 비쳐지게 된다. 함께 지내는 시간이 많은 부부일수록, 많은 감정을 공유하는 부부일수록 더 닮을 확률이 커진다.

어느 TV 프로그램에서 연예인 부부인 하하와 별이 '결혼 생활에서 중요하다고 생각하는 게 무엇이냐'는 질문에 "개그 코드가 같아야 한다"고 말하는 것을 본 적이 있다. 매우 신선한 대답이라고 생각했다. 같은 상황에서 부부가 동시에 웃었다면 더 이상의 말이 필요 없다. '그냥' 좋은 것이다. 처음부터 개그 코드가 맞는 부부라면 그게 바로 천생연분이다.

한 명은 배꼽이 빠져라 웃는데 한 명은 멀뚱히 쳐다보는 상황을 가정해보자. 이런 대화가 오갈 것이다.

"아주 숨이 넘어가네."

"너무 재미있지 않아? 아이고 배야."

"뭐가 재미있어? 하나도 재미없는데."

"이게 재미없어? 이상한 사람이네."

"이런 시시한 걸 보고 뒤집어지는 당신이 이상한 사람이지."

다음 상황은 각자의 상상에 맡긴다.

각자 다른 곳을 바라보는 사이라면 부부라고 할 수 없다. 사사건건 의견이 엇갈린다면 함께 산다는 것이 괴로움의 연속이요, 결혼생활이 유지될 수가 없다. 만약 다툼이 싫어서 피해가거나 무관심으로 일관한다 해도 결과는 마찬가지다.

불륜은 파경에 이르는 지름길이다. 배우자가 아닌 다른 여자, 다른 남자를 원한다는 것은 부부가 극단적으로 다른 곳을 보는 것이다.

간통죄가 폐지됐기 때문에 예전처럼 불륜만으로 이혼이 성립되지는 않는다. 더구나 배우자의 '바람'을 한때의 실수로 넘어가 주는 '통 큰'사람들도 늘어나고 있는 추세다. 하지만 결코 아무렇지 않은 것은 아니다. 이미 큰 상처가 났기 때문에 이전보다 더욱 많은 노력과 주의와 관심이 요구된다. 사이가 좋을 때는 아무 문제가 없다. 그러나 조금이라도 사이가 틀어지면 그때의 그 상처가 도드라지게 마련이다.

'다른 곳을 보는 것'과 '곁눈질'은 좀 구별해야 할 필요가 있다. 어떻게 50년이 넘는 세월 동안 부부가 항상 같은 곳만 바라볼 수 있느냐는 반론이 가능하다. 사실 불가능하다.

결혼할 때는 눈에 콩깍지가 씌어서 내 배우자가 멋진 남자요, 훌륭한 여자라고 생각하지만 곧 콩깍지는 사라지고 훨씬 멋진 남자와 훨씬 예쁜 여자가 왜 이렇게 주변에 많은지 결혼을 후회하기도 한다. 이런 이유 때문에 결혼을 못하겠다는 이들도 많다.

콩깍지가 벗겨지지 않아도 상황은 별로 다르지 않다. 내 아내를, 내 남편을 여전히 사랑하지만 이들이 세상에서 제일 멋지고 괜찮은 사람은 결코 아니기 때문이다.

길을 가다가, 식당에서나, 모임에서나, TV를 보다가 자연히 눈길이 가는 사람이 있다. 나도 모르게 고개가 돌아가고 "예쁘네", "멋진데", "매력 있네" 같은 말이 튀어나온다. 그러면 아내의 눈은 어느새 가자미눈이 되어 나를 째려보고 있다.

그럴 때마다 "내가 바람을 피우는 것도 아니고 멋진 여자를 그냥 쳐다보는 것 정도는 봐줘야 하지 않나. 당신이 TV에서 박보검이나 정해인을 바라보는 것과 마찬가지"라고 큰소리치지만 눈치 없이 고개를 획획 돌리는 행태는 분명 반성해야 한다.

나처럼 노골적으로 쳐다보지 않더라도 순식간에 스캔하는 능력은 남자건 여자건 다 있다고 생각한다. 친구끼리 무심한 척 걸어가다가 "아까 지나간 여자 예쁘지 않냐"는 말에 "으응. 빨간 원피스?" 하고 대답하는 상황이 코미디 프로에서만 볼 수 있는 게 아니라는 말이다.

이게 결코 피해갈 수 없는 본능과도 같은 거라면 자칫 무료해지는 결혼생활에 청량제 역할을 할 수도 있다. '개그 코드'와 마찬가지로 '곁눈질 코드'를 맞추는 것이다.

나는 결코 박보검이나 정해인이 될 수 없다. 아내가 나에게는 없는 매력을 그들에게서 발견하고 좋아한다면 그들은 시기의 대상이 아니라 오히려 나의 부족함을 채워주는 고마운 존재들이다.

부부가 함께 TV를 보는 것만으로도 개그 코드는 상당 부분 맞춰질 수 있다. 요즘에는 안방과 거실에 각각 TV가 있는 가정이 많다. 그래서 부부가 따로 떨어져서 각자 보고 싶은 것을 볼 수 있다. 얼핏 보면 매우 효율적이다. 리모컨 쟁탈전을 벌이지 않아도 되기 때문이다.

핸드폰만으로도 영화를 보거나 음악을 듣거나 야구 중계를 볼 수도 있다. 그래서 엄마는 안방에서 드라마를 보고, 아빠는 거실에서 야구를 보고, 아들은 컴퓨터 게임을 하고, 딸은 자기 방에서 음악을 듣는 풍경이 그려지기도 한다. 겉으로 볼 때는 평화로운 가정이지만 한마디로 '대화가 필요한' 가족이다. 그렇다면 무조건 함께 TV를 시청하는 방법을 추천한다.

남편들이여, 아내가 즐겨보는 드라마가 있다면 그냥 같이 보자. 설령 막장 드라마라는 생각이 들더라도, 재미가 없더라도 꾹 참고 보자. 내가 스토리를 이해하지 못한다면 아내는 신이 나서 그동안의 스토리와 주인공의 성격까지 설명해 줄 것이다. 그러다 보면 어느새 같이 있는 시간이 길어지고, 공통의 관심사가 생기고, 대화할 주제가 많아지게 마련이다. 대화의 본질은 '공통의 화제'다.

나는 드라마를 좋아하지 않는다. 아내도 그렇게 좋아하는 편은 아닌데 간혹 완전히 빠져서 보는 드라마가 있다. 그러면 중간에 스윽 끼어서 같이 본다. 연작 드라마의 매력은 계속 보다보면 재미가 생긴다는 것이다. 그때까지 참고 버텨야하는 게 힘들지만.

여기서 주의할 점은 드라마를 보는 중간에 절대로 평을 하지 말아야 한다. 내가 생각할 때는 아무리 말이 안 되고, 막장이라고 해도 입을 꾹 닫아야 한다. "에이, 완전 뻥이야"라든지 "역사적으로 볼 때 저건 잘못된 거야"라든지 "작가가 현실을 너무 몰라"라는 말을 하는 순간 "당신, 나가"라는 말이 튀어나올 것이다.

아내들이여, 축구건 야구건 남편이 즐겨보는 스포츠가 있다면 그냥 같이 보자. 규칙을 몰라서 하품만 나오더라도 꾹 참고 보자. 내가 규칙을 모르면 남편은 신이 나서 열심히 규칙도 설명하고 상황에 대해 하나하나 해설을 해줄 것이다. 역사는 물론 선수 개개인에 대한 스토리까지도. 그러다 보면 어느새 같이 있는 시간이 많아지고, 공통의 관심사가 생기고, 대화할 주제가 많아지게 마련이다.

나는 기자 생활 중 상당히 많은 시간을 스포츠 기자로 지냈다. 축구, 야구, 농구, 배구 등 주요 종목은 거의 담당했다. '어떤 스포츠라도 규칙만 알면 재미있다'는 신조를 갖고 있으며 거의 모든 스포츠 중계를 보는 편이다. 요즘에는 잉글랜드 프리미어 리그 토트넘의 손흥민 경기를 보는 재미에 빠져있다. 같은 손 씨라서 더 관심있나? 부인하지 못하겠다. 프로야구는 두산의 광팬인 딸의 영향을 받아 요즘에는 두산 경기를 주로 본다. 아내는 원래 스포츠와는 담을 쌓고 살았던 사람이다. 처음에는 관심이 없더니 어느 순간부터 내 옆에 슬그머니 앉아 같이 야구 중계를 보곤 한다. 그러면 나는 신이 나서 이것저것 내가 알고 있는 모든 지식을 동원해 해설을 해준다.

'서당 개 3년이면 풍월을 읊는다'는 아내에게 딱 들어맞는 속담이다. 요즘에는 내가 기억하지 못하는 내용까지 귀신같이 끄집어낸다. 두산 선수에 대해서는 나보다 더 많이 안다. 대화가 풍성해질 수밖에 없다.

여기서 아내들이 주의할 점은 중계를 보는 도중에 남편이 흥분해서 소리를 지른다거나 욕을 하더라도 절대로 타박을 하지 말아야 한다. "당신이 뛰는 것도 아닌데 왜 흥분을 하고 난리야"라든지 "그렇게 잘 알면 직접 뛰지 그래"라든지 "당신도 평소에 운동 좀 해"라는 말을 한다면 "당신 좀 가만히 있어"라는 말이 튀어나오든지 남편이 방을 나갈 것이다.

여덟

부부싸움의 수호신

시오노 나나미 여사의 《로마인 이야기》 덕분에 우리는 로마 제국 사람들이 섬기던 수많은 신들 중에 부부싸움의 수호신까지 있었다는 사실을 알게 됐다. 로마 자체가 다신교인데다 로마 특유의 포용 정책에 따라 정복하는 지역의 신들까지 모두 받아들이는 바람에 오만 잡동사니 신들이 생겨났다. 그래도 그렇지, 부부싸움의 수호신까지는 좀 너무 하지 않나?

하지만 부부들은 이 수호신 스토리에 관심을 가져야 할 것이다. 부부싸움의 수호신인 비리프라카 여신은 못생기고 뚱뚱한데다가 귀가 컸다고 한다. 부부싸움을 하다가 해결을 하지 못한 부부는 비리프라카 사당을 찾아간다. 이 사당에는 한 가지 규칙이 있다. 한 사람이 하소연할 때 그 배우자는 뒤에

서서 듣기만 해야 하는 것이다. 하소연이 다 끝나면 순서를 바꾸고 이번에는 먼저 하소연한 배우자가 뒤에 서서 들어야 한다.

부부싸움뿐 아니라 모든 싸움, 심지어 토론에서도 해결이 나 결론이 나지 않는 이유 중 하나는 상대방의 이야기를 듣지 않기 때문이다. 상대의 이야기가 끝나기도 전에 내가 무슨 말을 할까만 생각하고, 서로 자기 할 말만 쏟아낸다.

비리프라카 사당에서 규칙에 따라 상대방의 이야기를 듣다 보면 내가 미처 생각하지 못했던 부분도 있고, 나름 상대방의 입장이 이해되는 부분도 있고, 오해했던 부분도 드러나게 마련이다. 이 사당에서 극적인 화해를 한 뒤 들어올 때와 다르게 팔짱을 끼고 나가는 부부의 모습을 보면서 비리프라카 여신은 흐뭇한 미소를 지었을까.

성공률이 몇 퍼센트였는지는 알 수가 없다. 오히려 상대방의 말도 안 되는 일방적인 주장에 더 화가 날 수도 있기 때문이다.

그러나 이 사당의 긍정적인 역할은 평소에는 전혀 듣지 않던 배우자의 말을 강제로나마 듣게 하는 시스템이다. 어쨌든 안 듣는 것보다는 한 마디라도 듣는 게 나은 거니까.

그러면 실제 부부싸움 상황에서 내 말을 끊고 상대방의 말을 경청하는 게 가능할까. 부부싸움이라는 것 자체가 의견 충돌로 인해 일어나므로 이성적인 토론 상황이 아니다. 아무리 머리로는 비리프라카 여신을 기억해 낸다 하더라도 화가 난 상태에서는 내 입을 내가 컨트롤하기 쉽지 않다. 이미 배우자에게 상처가 될 말을 내뱉었을 수도 있고, 내가 상처를 입었을 수도 있다. 침착하게 상대의 말을 들을 준비는커녕 더욱 격한 말이 튀어나오기 일쑤다.

현대의 비리프라카 사당은 집 앞 카페나 놀이터, 공원이 될 수 있다. 흥분했을 때는 잠시 자리를 피해 서로 떨어져 있는 게 좋다는 말이다. 차 한 잔을 마시거나 산책을 하면서 뜨거워진 머리를 식힐 시간이 필요하다. 시간이 너무 길어지면 좋지 않다. 아직 마무리가 안 된 상황에서 상대가 나를 무시한다는 오해를 사게 돼 더욱 악화될 수 있기 때문이다. 30분에서 한 시간이 적당하다. 어느 정도 진정이 되고 상대방의 말을 들어줄 준비가 됐다면 다시 싸움(?)을 재개한다. 그러나 분명히 첫 번째 싸움과는 양상이 다를 것이다.

서로 자기 말만 해서 부부싸움이 커지는 것과 반대로 말을 하지 않아서 심각해지는 경우도 있다. 우리 부부가 그랬다. 아침까지 아무 문제가 없었는데 저녁에 본 아내의 표정이 심상치 않다. "무슨 일이 있었어?" 물어봐도 아무 대답도 하지 않는다. 몇 번을 물어봐도 쌀쌀한 표정만 지을 뿐이다.

'낮에 어머니가 전화를 했나', '혹시 내가 아침에 말실수를 했나' 온갖 상상과 유추를 해보지만 도저히 알 수가 없다.

"아니, 내가 뭘 잘못했는지 알아야 사과를 하든지 잘못을 빌든지 할 것 아냐"라고 해도 묵묵부답이다. 심할 때는 사나흘 간이나 말을 하지 않은 적도 있다. 정말 사람 환장할 노릇이다. "사람 말려죽일 셈이냐"고 해도 꿈쩍도 하지 않는다.

나중에 화가 난 이유를 들었을 때가 더 황당하다. 내가 며칠간 생각했던 수백 가지 이유 중 근접한 것이 하나도 없다. '화성에서 온 남자, 금성에서 온 여자'라더니 그 말이 맞구나. 30년이 지난 지금도 아내가 무슨 생각을 하는지 알 수 없는 때가 많다. 아내도 나에 대해 마찬가지다. 정말 남녀의 뇌 구조 자체가 다른 것 같다.

"여보, 당신은 내가 무엇을 잘못했는지 알면서도 짐짓 모른 체한다고 생각하겠지만 정말 몰라요. '네 죄를 네가 알렸다'라고 수백 번을 외쳐도 내 죄를 내가 스스로 알아차리기는 거의 불가능이요. 내가 수백 가지를 생각했어도 결국은 그게 아니잖아. 그러니 제발 말을 해줘요."

나는 흔히 얘기하는 '트리플 나노 A형'이다. 조금만 내 기분에 맞지 않으면 잘 삐친다. 나는 화를 내는 거라고 생각하는데 다른 사람이 보기에는 그냥 삐치는 거다. 감정을 숨기는데도 젬병이어서 얼굴에 그대로 드러난다.

내가 뭘 잘못했는지 이 생각 저 생각하다가 꼬리에 꼬리를 물고 상상의 나래를 편다. 그러다가 '혹시 이것 때문인가? 그건 내가 화를 내야 하는 건데' 하는 대목에 이르러서는 오히려 내가 화가 나기 시작한다. 말은 하지 않아도 얼굴 표정으로 내 기분을 알아챈 아내는 '방귀 뀐 놈이 성낸다'면서 더 화를 내기 일쑤다.

그래서 우리는 원칙을 하나 세웠다.

'기분 나쁜 일이 있을 경우 하루를 넘기지 말자.'

반드시 그날 자기 전까지 무엇 때문에 화가 났는지 서로 이야기를 하자고 했다. 내 생각만 하고 상대방의 말을 듣지 않는다면 타이밍을 놓치고 감정의 골이 깊어지기 십상이다. 앞에서도 말했듯이 쓸 데 없는 오해도 생길 수 있다.

원칙을 지키다 보니 실제로 대부분은 금방 사과하고 마무리되는 일이거나 오해였다. 그동안 영문도 모른 채 그렇게 여러 날 말도 안 하고 냉랭하게 지낸 것이 얼마나 낭비였는지. 큰 화재를 막으려면 작은 불씨였을 때 꺼트려야 한다.

불씨에 얽힌 에피소드 한 토막. 군대 이야기를 꺼내는 것을 양해해 주기 바란다. 나는 육군항공학교에서 사병으로 근무했다. 당시엔 지금 세종시로 바뀐 조치원에 육군항공학교가 있었다. 후방에 있는 항공학교에서 '5분 대기조'가 할 일은 말 그대로 유사시를 대비해 대기하는 것이다.

그러나 헬리콥터 야간사격훈련이 있는 날에는 특별히 할 일이 있었다. 개인 소화기를 갖고 헬기 사격장 맞은편 골짜기에서 대기하는 것이다. 헬기 사격장은 산에 있다. '500MD'라는 귀엽게 생긴(?) 공격형 헬기가 있는데 기관총 총알이 워낙 크다 보니까 바위에 맞으면 불꽃이 튄다. 대부분은 불꽃만 튀고 말거나 주위에 마른 나무나 풀에 옮겨 붙어 불이 났다가도 곧 꺼졌다. 그런데 가끔 불이 점점 커지기도 하는데 그걸 5분 대기조가 가서 꺼야 한다. 가만히 지켜보다 불이 커진다 싶으면 1km 가량 떨어진 산길을 달려가 소화기로 불을 끄고 되돌아와 대기한다. 왕복 2km를 달려와 헉헉대며 가쁜 숨을 몰아쉬고 있는데 다시 불이 붙으면 정말 죽을 맛이다. 불꽃이 튈 때마다 '제발 그냥 꺼져라'라고 속으로 빌었던 기억이 생생하다.

작은 불씨가 큰 불이 되려면 주위에 마른 나뭇가지 등 가연성 물질이 있어야 한다. 주위에 그런 게 없으면 불꽃이 생겼다가도 저절로 사라진다.

부부싸움도 마찬가지다. 불꽃이 튀었을 때 주위의 가연성 물질을 빨리 치우는 게 급선무다.

아홉

가정이 우선이다

2018시즌 프로야구 챔피언 결정전에서 SK 와이번스가 우승했다. 정규시즌에서는 두산 베어스에 한참 뒤진 2위였지만 역전 우승을 이뤄낸 것이다.

시즌 내내 홈런 구단의 위용을 뽐냈던 SK는 플레이오프와 한국시리즈에서도 타자들의 가공할 홈런포를 앞세워 두산을 4승 2패로 눌렀다.

SK가 우승하면서 미국인 감독인 트레이 힐만(Trey Hillman) 감독의 리더십도 주목을 받았다. 그는 선수들을 마치 가족처럼 대했다. 세세한 부분까지 신경 쓰면서 아버지와 같은 역할을 했다. 부상 회복 중인 선발투수 김광현은 철저하게 보호했다. 당장의 성적에 연연하지 않고 투구 수를 원칙대로 제한하면서 컨디션이 올라오기를 기다렸다. 김광현은 한국시리즈에서 강속구를 펑펑 뿌려대면서 힐만 감독에게 보은했다. 미국 메이저리그의 빅 볼(big ball)과 일본의 스몰 볼(small ball)을 모두 경험한 힐만 감독은 적재적소에 그날 컨디션이 가장 좋은 선수를 기용했고, 장타 위주의 강공은 물론 번트와 치고 달리기 등 세밀한 작전도 펼쳤다.

SK와 2년 계약을 한 힐만 감독은 시즌이 끝나기도 전에 이번 시즌 이후 미국으로 돌아간다고 선언했다. 우승 감독으로서 더 좋은 조건으로 재계약을 할 수도 있었지만 그는 재계약을 포기했다. 그 이유는 '연로하신 아버지, 알츠하이머에 걸린 새어머니와 함께 있고 싶어서'였다.

힐만 감독은 국내 언론들과의 인터뷰를 통해 그의 삶에서 가장 중요한 세 가지는 하나님-가정-일 순서라고 했다. 중요한 경기가 있을 때마다 주머니에서 성경 구절(이사야 40장 31절: 오직 여호와를 앙망하는 자는 새 힘을 얻으리니 독수리가 날개 치며 올라감 같을 것이요 달음박질하여도 곤비하지 아니하겠고 걸어가도 피곤치 아니하리로다)을 꺼내볼 정도로 독실한 크리스천이니까 하나님이 최우선은 그렇다 치고, 가정이 일보다 우선인 게 눈에 띄었다. 일을 할 때는 최선을 다해서 하지만 가정과 일이 겹칠 때는 가정을 먼저 선택한다는 의미다.

사실 한국에서는 가정이 일보다 우선이라는 말을 잘 하지 못하는 분위기다. 사회 전반적으로 인식이 많이 바뀌긴 했지만 '일 우선'의 직장 문화가 여전히 존재하기 때문이다.

1970년대와 80년대를 통해 한국이 초고속 성장을 한 배경에는 가정을 포기하고 일에 전념한 아버지들의 희생이 있었다. 그때는 '집에 일이 있어서' 먼저 퇴근을 한다는 것은 결코 있을 수 없었다. 아니, 오히려 자발적으로 일에 충성을 다 하는 아버지들이 많았다. 직장마다 도처에 워커홀릭(workaholic)들이 있었다. 가정은 당연히 여자들이 지켜야 하는 것이고, 남자들은 오로지 일을 해야 했다. 집에서 "회사 다녀올게요"라고 인사하는 게 아니라 회사에서 "집에 다녀오겠습니다"라고 인사해도 어색하지 않을 만큼 야근이 일상이었다.

결혼 초에 선배가 들려준 충고 중에 이런 것도 있었다.
"처음부터 아내에게 기자는 바쁘다는 인식을 확실하게 심어줘야 해. 나는 결혼 초에 일이 없고, 회식이 없는 날에도 일부러 다른 데서 시간 보내다가 자정이 넘어서 집에 들어갔어. 너도 그렇게 해."

아내의 출산이 임박해서 병원에 가겠다고 하면 "네가 애를 낳는 것도 아닌데 병원에 왜 가. 장모님이 병원에 있을 거 아냐. 그런 건 여자들한테 맡기고 일이나 해"라는 핀잔을 들어야 했다. 거의 팔불출 취급이었다.

지금 기준으로 보면 '갑질'도 이런 갑질이 없지만 당시에는 그게 통용되던 문화였다. 삶의 질보다는 일의 효율이 먼저였다. 자신들도 그렇게 했으니 후배들도 그렇게 하는 게 당연했다.

그런 시절을 겪었던 상사들이 정기 휴가는 물론 출산 휴가에 육아 휴직까지 꼬박꼬박 찾아 먹는 요즘 후배들을 고깝게 보는 것은 일종의 '상대적 박탈감'이다. 자신은 혹독한 시집살이를 했던 시어머니가 요즘 며느리를 보면서 느끼는 감정과 비슷하다고 할까. 어떤 사회든 과거의 잘못된 관행에서 벗어나려면 이렇듯 '낀 세대'들의 희생이 따라야 한다.

한국 사회가 일 중심에서 조금씩 벗어나고 있는 것은 바람직하다. 하지만 가정을 건너뛰고 개인 중심으로 옮겨가는 것 같아 개인적으로는 조금 불만이다.

이중 국적이 가능해지면서 미국 이민자 중에 한국 국적을 다시 얻는 사람들이 늘어가는 추세다. 편의에 따라 한국과 미국을 왔다 갔다 한다. 이들의 한결같은 말이 '미국은 재미없는 천국이고, 한국은 재미있는 지옥'이라는 것이다.

한국 이민자를 포함해 미국 서민들의 평균적인 삶은 집과 직장을 오가는 단순한 구조다. 교회를 다닌다면 집-직장-교회의 트라이앵글 구조다. 밤 문화는 거의 없다. 자연히 가족 중심의 삶이 될 수밖에 없다. 여가 시간의 대부분을 가족이 함께 한다. 모임이나 행사도 대부분 가족이 함께 한다. 어찌 보면 단순하고 지루하게 느껴질 수도 있지만 안정적이고 화목한 장점이 있다. 힐만 감독과 같이 일보다 가정이 우선이라는 생각은 어렸을 때부터 가족이 함께 하는 문화를 통해 자연스레 형성됐다고 본다. 우리 사회도 이제는 '일보다 가정이 우선'이 돼야 한다고 생각한다.

이 말은 자칫 왜곡될 가능성이 크다. 일을 소홀히 한다는 말로 들리기 때문이다. 실제로 일을 열심히 하지 않는 사람들이 가정을 핑계로 악용하기도 한다.

하지만 진정 가정을 중시하는 사람은 일도 열심히 해야 한다. 생각해 보자. 직장에서 매일 일 못한다고 상사로부터 야단이나 맞고, 트러블이나 일으키고, 승진에서 누락되고 한다면 그 가정이 화목할 리가 없다. 상품의 질이 떨어지고 서비스가 나빠서 적자가 계속 쌓이는 자영업자라면 행복한 가정을 유지할 수가 없다.

가정을 우선하고 가족의 행복을 생각한다면 평소에 열심히 일을 해서 좋은 평판을 얻고, 좋은 성적을 올리고, 매출을 늘릴 비법도 연구하고, 경제적으로도 풍요로운 생활을 누려야 한다.

일보다 가정이 우선이라는 힐만 감독이 일을 어떻게 했고, 어떤 결과를 얻었는지 살펴보면 명쾌한 설명이 된다.

선택의 문제다. 일은 열심히 하지만 일 때문에 가정을 포기해서는 안 된다는 의미다. 재계약을 하면 돈을 더 많이 벌 수 있지만 힐만 감독에게는 행복한 가정을 살 수 없는 돈일 뿐이다.

돈에 대한 생각이 같은 부부라면 볼 것도 없이 행복한 부부다. 돈에 대한 가치관이 같다는 것은 절반은 먹고 들어간다고 해도 과언이 아니다. 얼마나 많은 부부가 돈 때문에 싸우고, 돈 때문에 이혼하는가. 가정불화의 많은 부분이 돈에 얽힌 것이다. 돈이 적어도 싸우지만 돈이 너무 많아도 싸운다. 돈이 '많다'와 '적다'에 대한 가치관도 다르고, 무엇을 위해 돈을 버는 지에 대한 생각도 다르기 때문이다.

티 타임의 정사

40년 전이니까 꽤 오래된 이야기다. 1970년대 연극 관객의 주류는 대학생이었고, 나도 그중 하나였다. 대학에 입학하면서 우연한 기회에 연극을 하게 됐고, 초등학교 친구 중에 안양예고를 나와 극단에서 일하던 친구가 있었던 게 인연이었다.

어느 날, 눈길을 끄는 연극 포스터가 붙었다. 〈티 타임의 정사〉(해럴드 핀터 작, 원제 The Lover)라는 야시시한 제목이었지만 그보다도 주연배우가 오현경, 김자옥이라는 사실에 더 꽂혔다. 두 사람 모두 당시 최고의 탤런트였기에 일단 관심이 갔고, 드라마 탤런트가 연극 무대에서는 과연 어떤 연기를 펼칠까 궁금했다. 오현경 선생님이야 연극배우도 했지만 김자옥 선생님은 그때까지 연극을 한 적이 없었기 때문에 더욱 궁금했다. (젊은 독자들을 위해 사족을 달자면 여기에서 오현경 선생님은 미스코리아 출신 여배우가 아니라 동명의 1936년생 남자 배우다. 지금은 유명을 달리한 김자옥 선생님의 명복을 빈다)

겨울이었고, 극장 안은 매우 추웠다. 나는 파카를 입고도 추워서 덜덜 떨었는데 김자옥 선생님은 속이 훤히 비치는 시스루 잠옷만 입고 열연을 펼쳤다. 연극 무대에 서기에는 성량이 조금 부족한 것 같다는 생각을 잠깐 했지만 두 사람의 연기력은 역시 감탄할 만했다.

그러나 내용이 문제였다. 대학생인 나로서는 처음부터 끝까지 도무지 이해가 되지 않았다. 리처드와 사라는 정상적인 부부다. 그런데 어느 날은 남편인 리처드가 복면을 하고 담을 넘어 집에 들어가 아내인 사라를 겁탈한다. 그리고 어느 날은 사라가 마치 환락가의 여자처럼 진한 화장을 하고 야한 옷을 입은 채 리처드를 손님(?)으로 받는다. 이거 미친 짓 아냐?

아무리 헤럴드 핀터가 부조리극의 대가라고 해도 너무 심하다 싶었다. 도대체 작가의 의도가 뭘까.

한동안 잊고 살았는데 결혼을 하고 10년 정도 지났을 때 불현듯 그 연극이 생각났다. 아, 그런 의미였구나.

권태기에 빠진 부부의 모습, 그리고 권태기를 극복하려는 부부의 노력을 핀터의 상상력이 극대화시킨 작품이었다. 그렇게 한참 후에 그걸 깨달을 줄은 몰랐다.

　우리 부부는 권태기를 그리 오래 겪지 않았다. 젊었을 때는 공휴일도 거의 없이 직장에 매여 있는 생활이어서 보상 심리로 시간이 날 때마다 가족과 함께 지내려고 노력했다. 의견 차이나 시댁 문제로 가끔 싸울 때는 있었지만 기간을 딱 정해 이때부터 이때까지가 권태기였다 싶은 적은 없지 않았나 생각한다. 다행히도 굉장히 짧게 지나갔기에 지금도 아내에게 감사하고 있다.

　그럼에도 핀터의 메시지는 명확하게 이해가 됐다. 과장되게 그리긴 했어도 권태기를 극복하려면 극한의 노력을 해야 한다는 사실에 고개를 끄덕이게 된다.

　권태기는 시기가 다르고, 기간이 다르고, 정도가 다르다 뿐이지 어떤 부부도 피해갈 수 없는 과정이다. 주위의 이야기를 종합해보면(대부분 남편들의 이야기이므로 좀 편향적일 수는 있겠다) 첫 아이를 낳고 난 후 아내의 관심이 나에게서 멀어졌다고 느꼈을 때부터 시작된 사람들이 의외로 많았고, 결혼 10년 정도 지나서 더 이상 아내에게서 매력을 찾지 못했을 때라고 말한 사람도 꽤 많았다.

　권태기가 길어지면서 나타나는 현상은 거의 동일하다. 대화가 줄어들고, 스킨십이 없어지면서 섹스리스(sexless) 상태가 되고, 나아가 각 방을 쓰게 된다.

아내들의 이야기를 들어보면 이 시기에는 남편의 살이 몸에 살짝 닿기만 해도 몸서리를 친다고 한다. 이 상태인 줄도 모르고 관계 회복을 위해 오히려 스킨십을 늘리려는 남편들은 백이면 백 실패할 수밖에 없다.

그 중간에 관계가 회복이 돼서 정상적인 부부 관계를 유지하고 있는 사람들이 대부분이지만 불행히도 이혼까지 간 부부도 더러 있다.

나는 권태기를 극복하는 자세에 대한 핀터의 생각에 상당 부분 동의한다. 리처드와 사라는 권태기를 극복하기 위해 때로는 강간범과 피해자로, 때로는 매춘부와 손님의 역할을 하자고 서로 합의했다는 사실이다. 한쪽의 일방적인 노력으로는 극복하기 힘든 주제이기 때문이다.

권태기는 당연히 짧을수록 좋다. 때로는 시간이 약이긴 하지만 너무 길어지면 돌아올 수 없는 강을 건너야 한다. 정신없이 살다보면 지금이 권태기인지 모르고 있을 때도 있다. 분명히 전과 다르긴 한데 바쁘면 그럴 수도 있지 라고 생각하기 쉽다. 권태기에는 부부간에 긴장의 끈을 놓아버린다. 배우자가 무엇을 하는지, 무슨 생각을 하는지 관심이 별로 없다. 면

저 지금이 권태기인지 알아차리는 게 중요하다. 아이를 낳고 난 후라든지 스킨십이 현저하게 줄어들 때 혹시 권태기의 조짐이 아닌지 살펴볼 필요가 있다. 이때는 서로에 대한 관심이 줄어들기 때문에 서운할 수 있다. 화가 나기도 한다. 그런데 내가 화나는 만큼 배우자도 화가 난다는 사실을 알아야 한다.

권태기를 극복하는 방법은 부부마다 다를 수 있다. 정답이 있을 수 없다. 서로가 무엇을 좋아하는지, 무엇을 싫어하는지, 가능한 방법이 무엇인지 다 다르기 때문이다. 그것은 스스로 찾아야 한다.

다만 우리가 지금 권태기라는 사실을 부부 모두 인식한다면, 이를 극복하기 위한 방법을 함께 찾아보자는 데에 합의를 한다면, 이미 절반은 해결된 것이나 다름없다.

아직도 같이 자요

공중파 방송 외에도 다양한 케이블 채널이 생기고, 종합편성 채널(종편)까지 생기고 난 다음부터 정말 다양한 프로그램이 TV에 넘쳐나고 있다. 그중에서도 예능 프로그램은 최고의 활황기를 맞는 듯하다. 상대적으로 코미디 프로는 없어지는 추세여서 개그맨, 코미디언들이 서로 뒤질세라 '예능인'으로 변신하고 있다. 본업을 제쳐두고 예능 프로그램을 기웃거리는 가수들도 꽤 있다.

아이돌 가수들을 활용한 프로그램은 물론이고 시대의 흐름을 반영해 혼자 사는 연예인들을 지켜보는 관찰 프로그램이나 부부의 이야기를 토크의 소재로 삼는 프로그램도 나온다.

얼마 전 노총각들의 생활을 그린 〈미운 우리 새끼〉라는 프로그램에서 개그맨 박수홍 씨의 아버지가 "우리 부부는 아직도 같이 자요"라고 말해서 화제가 된 적이 있다. 나는 무심코 넘겼는데 "아직도요", "대단 하시네"라며 스튜디오가 술렁거렸다. 박수홍 씨의 어머니는 수줍은 표정으로 "우리는 그래요"라며 웃었다.

70대 부부가 여전히 한 침대에서 같이 자는 게 화제가 될 만한 일인가. 나는 아직 70대가 안 되어서 잘 모르겠다. 그러나 내 주위에도 이미 오래 전부터 각 방을 쓴다는 부부가 꽤 있는 걸 보면 70대 부부가 한 방을 쓰는 게 대단한 일일 수도 있겠다.

100세 시대가 되면서 수명만 늘어난 게 아니라 노인들의 건강 상태도 놀랄 만큼 좋아졌다. 예전에는 환갑잔치를 성대하게 열었다. 60년만 살아도 대단하게 여겼던 시절이었다. 조혼을 한데다 자식도 많이 낳았기에 손자는 물론 그 나이에 증손자까지 본 사람도 가끔 있을 정도였다. '과속 스캔들'이 아니라 '실화'다.

지금 환갑잔치를 하는 사람은 없다. 60세가 대단한 게 아닐뿐더러 자식도 하나 둘인데다가 손자는커녕 아직 며느리, 사위도 보지 못한 사람들이 대다수이기 때문이다. 그냥 60세 생일일 뿐이다. 가족끼리 밥 먹고 말거나 부부가 환갑기념 여행이라도 한다면 훌륭하다.

그럼 70세는 어떤가. '인생 칠십 고래희(人生七十古來稀)'라 하여 70세는 정말 희귀하다고 여겼다. 환갑잔치는 안 해도 고희잔치는 해야 한다는 생각을 가진 사람이 제법 있다. 그래도 외부 손님들 부르는 거창한 잔치가 아니고 가까운 친척 정도 모여서 식사하는 '작은 잔치'가 대부분이다. 이제는 70세도 대단한 게 아니라는 이야기다.

대도시에 국한된 이야기지만 현재 만 65세가 되면 남자는 '지공거사', 여자는 '지공부인'으로 불린다. 65세 이상은 '지하철 공짜'라는 노인 우대를 받기 때문이다. 그런데 이 기준을 70세로 상향 조정하자는 이야기가 심심찮게 나오고 있다. 나도 개인적으로는 이 주장에 동의한다. 공짜를 좋아하는 당사자들도 노인 취급 받는 거는 불쾌하게 생각하고, 노약자석에 앉기에는 눈치 보이는 나이다. 여전히 신체 건강하고 등산을 즐기는 사람들도 많다.

노인들의 사랑과 성 생활 실태를 다룬 영화 〈죽어도 좋아〉가 2002년 개봉됐을 때 꽤 화제가 됐다. 실화를 바탕으로 한 영화는 배우가 아닌, 실제 70대 부부를 출연시켰을 뿐 아니라 젊은이들 못지않은 뜨거운 부부생활을 그대로 보여줬다.

물론 이들이 각각 73세와 72세에 뒤늦게 만나 사랑을 불태운 사이어서 40여 년을 같이 살아온, 여느 70대 부부와는 다른 환경이긴 했다. 그러나 70대에도 여전히 왕성한 섹스를 즐길 수 있다는 사실만큼은 확실하게 각인시켜준 공로가 있다.

가끔 식사를 함께하는 집안 어른이 있다. 90대 중반인데도 비교적 건강하게 생활하신다. 본인은 당뇨도 심하고, 다리도 아프고, 이도 없고, 눈도 잘 안 보이는 '종합병동'이라고 말하지만 그 나이에 비하면 엄살 수준이다.

하루는 같이 식사를 하는데 "이제는 식욕도 떨어지고, 성욕도 없어졌다"고 하셨다. 깜짝 놀라서 "이제요?" 하고 반문했다. 그분은 "그래도 작년까지는 가끔 발기도 됐다"는 놀라운 말씀을 하셨다.

뛰는 가슴을 진정시키며 조심스럽게 "그럼 언제까지 부부 관계를 했느냐"고 물었더니 "아내가 뇌졸중으로 쓰러지기 전까지는 자주는 아니라도 가끔 가능했다"는 대답이 돌아왔다. 즉, 80대 초반까지는 부부 관계를 했다는 말이었다.

영화가 아니라 내 주변에서도 실제로 이런 사례가 있으니 희귀한 일이 아님은 분명하다.

부부 생활에서 섹스가 차지하는 비중은 매우 크다. 사실 가장 중요하다고 말해도 무방하다. 부부 생활에서 트러블이 일어나는 상황, 즉 성격 문제, 돈 문제, 자식 문제, 고부 갈등 등도 부부간 섹스에 문제만 없다면 대부분 넘어갈 수 있다. 문제가 생기지 않는다는 게 아니고, 문제가 생기더라도 해결할 가능성이 크다는 말이다. '부부싸움은 칼로 물 베기'라는 속담도 이런 뜻이다. 아무리 대판 싸웠더라도 한 밤을 같이 지내고 나면 가슴 속 응어리가 봄눈 녹듯이 녹고, 다시 새 날을 맞이할 수 있기 때문이다.

궁합보다도 '속궁합'을 더 중시하는 사람들 사이에서는 그래서 결혼 전 동거를 필수로 여기기도 한다. 미리 살아 봐야 속궁합이 맞는지 알 수 있지 않느냐는 말이다.

지금은 어떤지 모르겠지만 2008년 베이징 올림픽 때 만난 중국 대학생들의 생각이 이랬다. 중국 정부의 '한 자녀 정책'에 의해 태어난 이들은 결혼은 매우 중요하기 때문에 혼전 동거를 통해 배우자를 신중하게 선택해야 한다는 말을 당연하다는 듯이 말했다. 실제로 동거하고 있는 커플들도 상당히 많았다.

나는 혼전 동거는 바람직하지 않다고 생각한다. 결혼 전에 궁합을 보는 것도 별 쓸데없다고 생각한다. 처음부터 속궁합이 딱 맞는 사람을 찾을 수 있을까. 변강쇠와 옹녀 정도가 아니라면 불가능하다. 만약 그런 파트너를 찾았다 하더라도 부담 없이 즐기는 섹스와 결혼 생활을 지탱하는 부부 관계는 완전히 차원이 다르다.

연애와 결혼의 차이와 같은 것이다. '연애할 때는 속도 다 빼줄 것 같던 사람이 결혼하더니 달라지더라' 같은 말은 식상한 레퍼토리다. 남자들끼리 쓰는 속된 말로 아내는 '잡은 물고기'이기 때문이다. 결혼 이후에도 연애할 때처럼 불같은 사랑을 나누는 커플은 거의 없다.

연애는 짧고 결혼은 길다. 역설적으로 처음부터 속궁합이 맞는 커플은 오랫동안 좋은 부부 관계를 유지하기가 힘들다.

남자와 여자는 여러 가지로, 아니 거의 대부분 다르다. 섹스의 스타일도 다르다. 섹스 경험이 많은 커플이 아니라면 결혼 초부터 부부 모두 만족스러운 섹스를 하는 경우는 드물다. 남자의 조급증 때문이다. 아내가 천천히 달아올라서 최고조에 오를 때까지 기다려주기가 너무 힘들다.

부부의 섹스는 양은냄비가 아니라 뚝배기가 돼야 한다. 결혼 초기에 불같이 타올랐다가 갑자기 식으면 그 결혼 생활은 파탄에 이를 가능성이 커진다. 초기에는 서툴고 불만족스럽더라도 서서히 끓어올라 오래 지속되어야 결혼 생활도 오래 만족스러워진다. 부부간에는 애정으로 섹스를 하지만 섹스를 함으로써 식었던 애정이 살아나기도 하는 법이다.

열 둘

미안해요, 고마워요, 사랑해요

평소에는 의식하지 않았는데 알고 보면 대단한 것들이 많다.

지구가 자전과 공전을 한다는 사실은 유치원생들도 안다. 그런데 지구의 자전 속도가 시속 1,674km라는 사실을 알고 있는 사람은 많지 않다. 시속 200km 이상으로 달리는 총알택시를 타 본 적이 있다. 너무 무서워서 손잡이를 꼭 잡고 놓지 못했다. 그 8배가 넘는 속도로 지구가 뱅글뱅글 돌고 있는데도 무서움이나 어지러움을 느끼지 못한다. 놀이공원에서 롤러코스터도 무서워서 못 타는 사람들이 이렇게 빠르게 돌고 있는 지구를 타고도 멀쩡하다.

이건 약과다. 지구의 공전 속도는 자전 속도의 무려 64배인 시속 10만 8,000km다. 이런 무시무시한 속도로 태양 주위를 돌아도 우리는 전혀 의식하지 못한다.

'하늘을 날거나 바다 위를 걷는 게 기적이 아니라 땅에서 걸어 다니는 것이 기적'이라는 중국 속담이 있다. 설마 중국 사람들이 이런 과학적인 사실을 알고 속담을 만들지는 않았겠지?

기적이란 무엇일까. 무엇을 기적이라고 생각하는가. 연세대 설립자인 미국 선교사 언더우드 박사의 기도문을 소개하겠다.

걸을 수만 있다면 더 큰 복은 바라지 않겠습니다.

누군가는 지금 그렇게 기도합니다.

설 수만 있다면 더 큰 복은 바라지 않겠습니다.

누군가는 지금 그렇게 기도합니다.

들을 수만 있다면 더 큰 복은 바라지 않겠습니다.

누군가는 지금 그렇게 기도합니다.

말할 수만 있다면 더 큰 복은 바라지 않겠습니다.

누군가는 지금 그렇게 기도합니다.

볼 수만 있다면 더 큰 복은 바라지 않겠습니다.

누군가는 지금 그렇게 기도합니다.

살 수만 있다면 더 큰 복은 바라지 않겠습니다.

누군가는 지금 그렇게 기도합니다.

놀랍게도 누군가의 간절한 소원을

나는 다 이루고 살았습니다.

놀랍게도 누군가가 간절히 기다리는 기적이

내게는 날마다 일어나고 있었습니다.

(중략)

나의 하루는 기적입니다.

나는 행복한 사람입니다.

기적은 우리 주위에 널려 있다. 내가 살아있다는 자체가 기적이다. 숨을 쉬지 못하면 죽는다. '숨이 멎었다'나 '호흡이 끊어졌다'고 표현하는 것은 공기 속에 있는 산소를 더 이상 들이마시지 못한다는 의미다. 이렇게 목숨과 직결되는 중요한 공기도 우리는 의식하지 않고 살아간다. 내가 숨을 쉬고 있는 게 감사하다는 생각도 하지 않는다.

부부도 공기와 같은 존재다. 항상 옆에 있지만 별로 중요하게 생각하지 않는다. 늘 비슷한 생활이 반복되다 보니 감흥도 없고, 그저 그런 존재처럼 느껴진다. 연애할 때는 '사랑해', '미안해'를 입에 달고 살던 사람들이 정작 결혼 후에는 그런 말이 쑥 들어간다. 부부끼리 그런 이야기를 꼭 일일이 해야만 하냐는 생각이 든다.

예로부터 '부부는 일심동체'라고 했다. '이심전심'이나 '텔레파시가 통한다'는 말은 아주 금슬이 좋은 부부 사이에 나타나는 현상이다. "우리는 눈빛만 봐도 무슨 생각을 하는지 알아서 말이 필요 없다"고 하는 부부도 있다. 참 좋은 말이긴 한데 말이 필요 없다는 부분은 조금 생각해 봐야 한다.

아주 긴박한 순간, 빨리 정확한 결정을 내려야 할 때 텔레파시가 통한다면 이보다 더 좋은 것은 없다. '선 조치, 후 통보'를 해도 전혀 문제가 없다.

하지만 텔레파시의 최고봉인 일란성 쌍둥이들도 때때로 의견 차이를 보이는데 아무리 사이가 좋은 부부라 하더라도 항상 생각이 같을 수 없다.

요즘 사회 여러 곳에서 소통의 중요성을 강조하지만 부부 간에도 소통이 매우 중요하다. 불통은 가정불화의 발화점이다.

부부싸움을 하다보면 "당신도 나와 같은 생각인줄 알았지"라는 말이 툭툭 튀어나온다. 내 생각만으로 결정해놓고 나중에 문제가 생기면 "당신이 그걸 반대할 줄 몰랐다"느니 "그렇게 오래 같이 살았으면서도 아직도 내 생각을 모르느냐"며 티격태격하기 마련이다.

오랫동안 유교 전통이 이어져 내려온 한국에서 남자들은 '남자는 입이 무거워야 한다'는 교육을 받고 자랐다. '계집애처럼 말이 많다'는 여성 비하의 표현인 동시에 남자들에게는 수치였다. 그래서 그런지 과묵한 남자들이 많다. 쓸데없이 말을 많이 하는 것보다는 꼭 필요한 말만 가려서 하는 것이 물론 좋다. 그러나 부부 사이에서는 아니다. 특히 '미안해요', '고마워요', '사랑해요'는 많이 하면 할수록 좋다. 이 말들은 이심전심으로 넘어갈 게 아니다.

그냥 미안한 마음이 들었을 때 "미안해요" 하고 말하면 된다. 타이밍을 놓치게 되면 상대방은 일단 서운하고, 시간이 지나면 화가 난다. 잘못하고도 시치미 떼고 있는 것 같이 보이기 때문이다. 말은 훈련이다. 처음에 입을 떼기가 어렵지 자주 하다보면 입에 붙는다.

나이를 먹어가면서 달라지는 게 여럿 있지만 불현 듯 옛날 생각이 나는 것도 나이를 먹어간다는 증거다. 아내는 첫 아이를 유산했다. 허니문 베이비였는데 나는 너무 무식했다. 신혼 집들이를 4~5차례는 해야 했다. 집들이를 매주 주말에 나눠서 한다면 한 달 넘게 주말에는 계속 집들이만 해야 했다. 직장 생활을 하는 아내를 위해 후다닥 빨리 해치우면 좋겠다고 생각했다. 순전히 나의 계산이었다. 아내를 위한다고 했지만 실제로 아내의 상태는 전혀 고려하지 않은 결정이었다. 평일까지 포함해서 일주일에 두세 번을 잡았다. 장모님이 도와주

긴 했어도 직장에서 퇴근한 뒤 집들이를 준비해야 하는 아내
는 너무 힘들어 했다.

그날도 집들이였다. 저녁을 먹고 있는데 장인, 장모님이 오
셔서 손님들 모르게 아내를 병원으로 데려갔다. 조금 후 "지
금 빨리 병원으로 오라"는 전화를 받았다. 유산 판정이 났고,
수술을 해야 하니 보호자가 빨리 와야 한다는 것이었다. 그렇
지. 이제는 장인, 장모가 아니라 내가 보호자구나. 눈물은 나
는데 이 바보 같은 남편은 손님들을 어떻게 보내야 하냐는 걱
정이 먼저였다.

지금도 그때 일이 떠오르면 눈물이 고이고, 오금이 저려온
다. 얼마나 힘들었을까, 얼마나 아팠을까. 아내에게 "미안해
요" 하고 말하면 "다 지난 일인데" 하면서 오히려 나를 위로
해준다. 나도 두 딸의 아버지로서 만일 내 사위가 저렇다면
어떻게 할까 생각할 때도 많다. 그때 많이 참아주신 장인, 장
모님께 지금도 감사한 마음을 전한다.

부부 간에 '고마워요'라는 말을 할 때가 언제일까.

처음 처가에 갔을 때 일이다. 처남들과 같이 식사를 했는데
밥을 다 먹은 처남이 장모님에게 "어머니, 맛있게 먹었습니
다. 감사합니다"라고 인사를 했다. 문화 충격이었다. 어머니

와 아들 사이에 밥 잘 먹었다는 감사 인사를 하다니. 나는 당황해서 어쩔 줄 몰라 하다가 결국 한 마디도 입을 떼지 못하고 식탁에서 일어섰다. 처가에서의 첫 번째 식사 자리에서 완전히 스타일을 구겨버렸다.

우리 집은 워낙 식구도 많은데다 가족끼리 그런 인사치레를 하는 문화가 아니었다. '당연히 고마운 거지 그걸 꼭 말로 해야만 알아듣나' 하는 분위기다.

그러니 나는 나대로 "당신 집 좀 이상해"라고 하고, 아내는 아내대로 "아무리 사위가 백년손님이라고 해도 장모가 해주는 밥을 먹고도 당연하다는 듯 인사도 하지 않는 사람은 뭐냐"는 말들이 오갔다. 서로 성장한 문화가 달라도 너무 달랐다.

가만히 생각해보니 감사 인사를 하지 않아서 손해 보는 경우는 많아도, 감사 인사를 했다고 손해 보는 경우는 없었다. 그렇다면 이건 내 문제다. 안 하던 걸 하려니 쑥스럽긴 해도 자꾸 "감사 합니다", "고마워요"를 따라 했다. 몇 년 지나니 그냥 자연스러운 일이 됐다. 아내가 나를 조금만 기분 좋게 해줘도 "고마워요"가 저절로 나온다.

'미안해요'와 '고마워요'를 혼동하는 경우가 있는데 이건 좀 구별했으면 좋겠다. 지하철이나 버스에서 나이 많은 어르

신에게 자리를 양보했을 때 "미안합니다"라고 하는 분이 많다. 본인은 자기에게 자리를 양보하고 불편하게 가야 하는 상대에게 정말 미안해서 하는 말이겠지만 듣는 사람은 좀 무안해진다.

이럴 때 "고마워요"나 "감사 합니다"라고 해야 자리를 양보한 사람도 기분이 좋아진다. 말 그대로 '쏘리'가 아니라 '땡큐'다. 부부 간에도 '미안해요'보다 '고마워요'를 많이 하는 게 좋다.

이제 진짜 중요한 '사랑해요' 차례다.

외국 영화나 드라마에서 연신 "I love you"를 외치는 장면을 보고 사랑이라는 말을 참 저급하게 사용한다고 생각했던 적이 있다. 쟤들은 진정한 사랑이 아니라 싸구려 사랑을 하는 거라고, 그래서 금방 이혼도 자주 하는 거라고, 사랑한다는 말을 시도 때도 없이 하는 것은 오히려 진정성을 의심받을 수 있다고, 그리고 발음상 '알라뷰'는 입에 착착 감기는데 '사랑해요'는 쉽지 않다고 우기기도 했다.

남자가 여자를 이해하지 못하는 것 중 다섯 손가락 안에 드는 게 바로 사랑을 수시로 확인하려 하는 행태다. 어제 사랑한다고 했는데 하루 사이에 무슨 일이 있었다고 오늘 또 "당신, 정말 나 사랑해?"라고 물어보난 말이다. "어제 사랑한다고 했잖아" 하면 "그건 어제고 지금도 날 사랑 하냐고" 한다. "그래, 사랑한다고. 사랑해" 하면 "흥, 이제 나 사랑하지 않는구나" 하고 샐쭉해진다. 속에서 열불이 난다. 이건 뭐 놀리는 것도 아니고, 애들 장난하는 것도 아니고.

생일이나 결혼기념일이나 무슨 기념일 챙기는 것도 그렇다. 남자들 잘 못 챙기는 것 뻔히 알면서도 항상 테스트다.

결혼기념일과 아내 생일이 이틀 차이인 친구가 있다. 신혼여행 가서 아내의 생일파티를 했다고 했다. 첫 해, 두 해는 챙겼는데 3년째에 그만 결혼기념일을 잊어버렸다. 아내도 아무말을 하지 않아 그냥 넘어갔는데 다행히도 아내 생일은 기억해냈다. 그날 아침에 "오늘 당신 생일이네" 하다가 갑자기 눈앞이 캄캄해졌다. "아니, 내가 결혼기념일을 못 챙겼으면 바로 얘기를 했어야지" 하고 소리쳤지만 이미 게임 오버. '어디 내 생일도 잊어먹나 보자' 하고 벼르고 있었던 것이다. 정말 다행스럽게도 대참사는 면했지만 아내가 이틀 동안이나 말하지 않고 벼르고 있었다니 소름이 돋았다고 했다.

"여자들은 왜 미리 얘기를 안 하지? 미리 얘기만 하면 잘 해줄 텐데 여자들은 좀 멍청한 것 같아."

이게 남자들의 고정 멘트지만 그럴 가능성은 없다고 봐

야 한다. 작년에 잊어먹었으면 달력이나 일정표에 표시해 놓
거나 해서 올해는 잊어먹지 않으면 얼마나 좋을까. 그런 남
자 별로 없다. 아니, 없었다. 요즘 젊은이들은 만난 지 한 달,
100일, 200일 하면서 온갖 기념일을 챙긴다. 스마트폰에 저
장해놓고 깜짝 이벤트로 여자 친구를, 아내를 감동시키는 남
자들도 제법 많다. 매우 바람직한 현상이다. 예견되는 불화를
사전에 잠재우는 탁월한 선택이다. 선배들의 잘못을 답습하
지 말고 앞으로도 계속 그러기를 바란다.

　'사랑해요'라고 말을 해야 할 상황에서도 예의 '이심전심'
논리를 피는 경우가 많다.
　"내가 굳이 말하지 않아도 내가 당신 사랑하는 거 당신도
알지?"
　이런 말로 퉁 치려 하는 수법은 전혀 통하지 않는다. 사랑
에 관해서 여자의 생각과 행동을 바꾸려 하는 남자는 세상에
서 제일 멍청하거나 제일 교만한 사람이다. 내가 바꾸는 게
속 편하다. '여자는 속성상 끊임없이 사랑을 확인해야 한다'
고 인정해 버리자. 거기에 맞추면 된다. 그냥 끊임없이 사랑
을 확인시켜 주자. 간단하다.
　내가 한 때 천박하다고 비웃었던 사람들을 흉내 내기로 했
다. 틈만 나면, 잊어먹기 전에 "사랑해", "사랑해요", "사랑합

니다"를 계속 속삭였다. 처음에는 내가 뭐하는 짓인가 했는데 자꾸 하다 보니 그냥 일상이 됐다. 때때로 드라마 대사를 써먹는 응용력도 생겼다. "당신은 언제부터 이렇게 예뻤어요?"

이렇게 글로 써놓고 봐도 오글거리는데 만약 옆에서 누가봤다면 눈꼴 시릴 수도 있겠다. 당연히 사람들 있는 데서는 하지 않고 단 둘이 있을 때만 한다.

입으로만 "사랑해"를 반복하는 것은 좀 뻘쭘할 수가 있다. 적당한 스킨십과 함께라면 부드러워진다. 손을 잡는다든지, 껴안는다든지, 팔베개를 한다든지, 가벼운 볼 키스를 하면서 "사랑해요" 하면 자연스럽다.

진정성이 의심받는 순간도 있다. 습관적으로 무표정하게 "사랑해" 할 때면 귀신같이 집어낸다. 그래도 안 하는 것보다는 낫다.

신혼 초보다 더 자주 "사랑해"를 입에 달고 살다 보니 앞으로 20년 후에도 다정하게 손잡고 강변을 걷고 있는 노부부의 모습이 오버랩된다.

가을

열 셋

거절해야 산다

라디오를 켜놓고 운전을 하다가 거절을 못하는 주부의 사연
을 듣게 됐다.

자신은 어렸을 때부터 마음이 약했고, 남을 배려하는 마음
이 강해 거절을 하지 못했단다. 그래서 마음고생도 많이 하
고, 손해도 많이 봤지만 거절하지 못하는 건 천성이라고 여기
고 살았다. 결혼해서도 거절하지 못하는 성격 때문에 고부 갈
등도 심해지고, 부부싸움도 자주 하고, 쓸모없는 상품들은 집
안에 쌓여갔다.

그런데 자기 딸이 똑 닮았더란다. 온갖 부탁을 거절하지 못
하고 혼자 끙끙대는 모습을 보니 속에서 열불이 나더란다. 엄
마도 거절을 못하면서 딸만 다그칠 수는 없어 고민하다가 자
기가 먼저 고쳐보리라 결심을 했다. 그런데 그게 마음먹는다

고 고쳐지나. 머릿속으로는 거절해야지 하면서도 입이 떨어지지 않았다.

어느 날 남편이 방에 있는데 거실에서 아내가 혼자 계속 떠들고 있더란다. 나가 보니 아내가 TV로 홈쇼핑을 보고 있었다. 쇼 호스트가 "이 제품은 이게 장점이에요" 하면 아내가 "아니에요" 하더란다. "이거 집에서 꼭 필요한 겁니다" 하면 "아뇨, 필요하지 않아요" 하고, "지금 주문하세요. 곧 마감 됩니다" 하면 "아뇨, 안사요" 하면서 꼬박꼬박 말대답을 했다.

라디오로 사연을 들으면서 이거 정말 기가 막힌 방법이라며 무릎을 쳤다.

그렇게 3개월 정도 피나는 훈련을 하고 나서 드디어 처음으로 외판원을 물리치는 개가를 올렸다. '나도 거절을 할 수 있다'는 자신감으로 무장한 채 이후로는 당당하게 거절하고 있다는 사연이었다. 나중에는 너무 자신감이 붙어서 "오늘 저녁에 같이 식사하자"는 시어머니의 전화에 "아니에요. 안 갈 거예요"라고 대답했다나.

나도 거절을 잘 못하는 성격이다. 부탁을 받고는 내가 할 일도 뒤로 미뤄놓고 애를 쓰거나 심지어 내가 해결할 수 없는 부탁까지 떠안고는 잠도 못 자고 뒤척이기 일쑤였다. "그건 제 영역도 아니고, 제가 할 수 있는 일이 아닙니다" 하고 거절

해도, 거절 못하는 내 성격을 잘 아는 사람들은 포기하지 않고 재차 삼차 부탁한다. 결국 "한번 알아볼게요" 하고 수락하고 나면 그다음부터는 내가 부탁하는 사람이 된다. 내 일도 아니면서 부탁받은 사람의 일을 해결하기 위해 이 사람 저 사람 찾아다니면서 아쉬운 소리를 해야 한다. 끝내 일이 해결이 안 되면 나는 죄인처럼 "죄송하다"고 고개를 숙이고, 나에게 부탁한 사람은 오히려 빚쟁이처럼 "그런 부탁 하나 들어주지 못하냐. 신경 안 쓴 거 아니냐"며 몰아세운다.

그럴 때마다 아내는 "지금이라도 못한다고 해요"라며 나를 타박하고, 나는 "이제 와서 어떻게 못한다고 해요"라며 변명하곤 했다. 참다못한 아내가 "당신이 못하면 내가 전화해서 안 된다고 할게요" 할 때도 있다. 그렇지 않아도 스스로 자책하고 있는데 남자의 자존심까지 건드리니 버럭 소리를 지르고 여지없이 다툼으로 이어진다.

어느 날, 서점에 갔다가 《거절의 미학》이라는 책을 발견했다. '당당하게 NO라고 말하는 250가지 방법'이라는 부제가 붙어있었다. 이거야말로 나에게 꼭 필요한 책이었다.

부탁을 받으면 먼저 거절할 생각부터 하라. 나중에 다시 고려해도 된다.

당당하게 거절하라. 거절은 엄연한 권리다.

거절에 따른 결과에 겁먹지 마라.

한 번 거절하기 시작하면 그 다음부터 거절하기가 쉬워진다.

다른 사람의 부탁을 잘 들어준다고 해서 더 멋진 사람이 되는 것은 아니다.

다른 사람이 자초한 문제까지 당신이 책임질 의무는 없다.

당신이 부탁을 들어줄 거라고 당연하게 여기는 사람들을 경계하라.

한 구절 한 구절 고개를 끄덕거리게 하는 명언들이었다. 그래, 나도 이제 당당하게 거절을 해야지. 그리고 어떻게 됐는지는 다들 예상하는 바대로다. 거절 못하는 성격이 책 한 권 읽었다고 바뀐다면 세상 참 쉬울 것이다. 여전히 우물쭈물. 기껏 거절한다고 하는 게 "죄송합니다" 하며 굽신굽신. 그러면 상대는 여지가 있다고 생각해서 집요하게 달라붙는다.

그러다가 결정적인 계기가 생겼다. 그때도 내가 들어줄 수 없는 부탁인데도 결국 거절하지 못했다. 일주일 정도 지나서 "도저히 안 되겠습니다"고 연락하니 그 사람이 불같이 화를 냈다. '이건 또 무슨 경우야' 하면서 뜨악해 있는데 그 사람

말이 이랬다.

"이건 시간을 다투는 일이야. 당신이 해줄 것처럼 말해서 나는 당신만 믿고 있었어. 그런데 이제 와서 안 된다고 하면 어떻게 해. 차라리 당신이 못한다고 거절했으면 내가 다른 사람에게 부탁했을 텐데. 이제 시간이 없어."

아차, 내가 거절을 못한 게 이 사람의 기회를 뺏은 결과가 됐구나. 딱 부러지게 거절을 하는 게 오히려 도와주는 거구나.

사고의 패러다임이 완전히 바뀌는 순간이었다. 지금도 단호하게 거절하는 게 몸에 배지는 않았다. 하지만 이전보다는 훨씬 자유롭게 거절하고 있다.

거절 못하는 성격이 남녀 간에 차이가 있는 것 같지는 않다. 둘 다 거절 못하는 부부도 있고, 남편만 그런 경우, 부인만 그런 경우도 있다. 우리 부부의 예로 보듯이 거절을 못 하는 성격은 부부 사이를 멀어지게 하는 원인이 된다. 거절하지 못하는 모습을 배우자가 볼 때는 얼마나 답답하고 속이 타들어갈까.

실제로 경제적인 손해까지 입는 경우도 많다. 가족인데, 친구인데, 차마 거절하지 못하고 연대 보증을 섰다가 가정불화는 물론 가정이 파탄 난 경우도 주변에서 심심치 않게 볼 수 있다.

가까운 사람과는 돈 거래를 하지 말라고 한다. 돈도 잃고 사람도 잃는 경우가 대부분이기 때문이다. 정말 도와주고 싶으면 빌려주지 말고 그냥 주는 게 낫다. 안 갚아도 괜찮을 정도여야 한다는 말이다. 나도 꼭 필요한 돈인데 친구의 얼굴을 봐서 거절하지 못하고 빌려준다면 극단적으로 '가정을 버리고 우정을 택한 것'이라고 봐도 좋다.

'보증'은 당장 내 주머니에서 돈이 나가는 게 아니니까 돈 빌려주는 것보다 쉽게 생각하는 사람들이 있다. 그러나 말로만 '이 사람이 반드시 돈을 갚을 사람이라는 걸 제가 보증합니다'라고 하는 게 아니다. '이 사람이 갚지 못할 경우 제가 대신 갚아드리겠습니다'라는 의미다. 그게 1억 원이 될 수도 있고, 10억 원이 될 수도 있다. 그걸 갚아줄 능력이 정말 나에게 있는가. 그걸 대신 갚아줄 정도의 사이인가.

은행과 제2금융권에 이어 2019년부터는 대부업체의 신규 대출 때도 연대보증 제도를 폐지키로 했기 때문에 앞으로는 새로 보증 때문에 신경 쓸 필요는 없다. 하지만 이미 보증을 선 것은 어찌할 수가 없다.

처음부터 사기를 칠 목적으로 접근하는 사기꾼도 많다. 사기꾼들은 거절 못하는 사람들을 귀신같이 찾아내 의도적으로 접근한다. 사기꾼들은 원래 말을 잘한다. 그럴 듯하게 꾸

미고, 정신없이 만들어 거절하면 안 될 것처럼 몰아간다.

다단계 판매도 마찬가지다. 내가 물건 파는 재주도 없고, 아는 사람도 많지 않은데 친구의 권유를 거절하지 못하고 마지못해 끌려들어가는 사람이 얼마나 많은가.

아무리 감언이설로 꼬드겨도 기준은 하나다. 내가 대신 갚아줄 능력이 있는가. 그 돈이 없어도 내 생활에 지장이 없는가.

부부간에는 사이가 좋았고, 자녀들에게는 좋은 부모였고, 그동안 성실하고 착하게 살아왔는데 단지 거절하지 못했다는 이유로 감당하기에는 그 아픔이 너무 크다. 부부 관계가 깨지는 것은 물론이고, 자녀들의 삶도 황폐해진다.

단호하게 거절하기 위해서는 부단한 훈련과 노력이 필요하다. 시간도 많이 필요하다. 그런데 어디에서 연습을 할 수 있을까. 가정이 제일 좋다.

'안에서 새는 바가지, 밖에서도 샌다'는 말처럼 집에서도 거절 못하는 사람이 밖에서 거절하리라고 기대하는 것은 나무에서 물고기를 찾는 것과 같다. '내 말은 무조건 들어야 하고, 밖에 나가서는 무조건 거절하라'는 주문은 무자비한 횡포다.

그래도 함께 사는 배우자를 상대로 거절 훈련을 하는 게 제일 만만하다. 남편이, 아내가 거절 못해서 답답한 배우자일수록 훈련 파트너를 자청해야 한다. 훈련 파트너에게 제일 중요한 것은 거절당했을 때 화를 내거나 짜증을 내서는 안 된다는 것이다. 거절 못하는 사람들의 특징은 내가 거절했을 때 상대가 화를 내면 어떻게 하나, 나와 관계를 끊으면 어떻게 하나 하는 걱정이 앞서는 것이다. 그런데 내가 어렵게 거절을 했는데 남편이, 아내가 화를 내면 그만 움츠러들고 만다. 당장은 화가 나더라도 화목한 가정을 위해 길게 보고, 크게 보고 참아야 한다.

만일 훈련 파트너가 시원치 않아 부부간에 훈련 효과가 없다면 혼자 해야 한다. 그렇다면 앞에서 예로 든 홈쇼핑 훈련, 이거 적극 추천한다.

평생 거절 못해본 사람들은 "아뇨", "안 됩니다", "못 합니다", "안 사요", "필요없어요" 같은 말을 해 본 기억이 별로 없다. 그래서 입안에서만 뱅글뱅글 돌고 내뱉지 못한다. 입을 벌려 소리를 내는 훈련이 필요하다.

홈쇼핑은 이런 면에서 아주 훌륭한 장치다. 더구나 옆에 아무도 없다면 금상첨화다. 마음껏 크게 소리 지르다 보면 언젠가는 입에 익숙하게 되고, 거절의 말이 결코 어렵지 않다고 느낄 것이다.

우리 부부는 몇 점?

나는 여러 가지 관계나 상황을 점수로 환산하는 버릇이 있다. 예를 들어 우리 부부 사이는 90점, 오늘 청소 상태는 80점, 어제 갔던 식당은 50점, 이런 식이다. 깐깐하게 따진다거나, 트집을 잡기 위한 것이 아니다. 다만 수치로 환산하면 이해하기 쉽고, 말하기 편하기 때문이다.

점수는 후하게 주는 편이다. 100점을 원하지 않는다. 90점 이상이면 최상이고, 80점만 넘어도 매우 훌륭하다. 평균 B학점이니까. 60점 이하만 아니라면, 즉 낙제만 아니라면 그것도 뭐 괜찮다고 생각한다. '닭의 머리'보다는 '소의 꼬리'가 더 낫다는 생각도 갖고 있다.

부부 사이도 60점 이상이면 괜찮고, 80점 이상이면 정말 훌륭하다고 생각한다. 결혼을 주저하거나 독신을 주장하는 사람들에게 나는 이런 말을 해준다.

"결혼한 이후의 삶과 혼자 사는 것을 비교해봐라. 결혼이 좋은 것만 있는 것은 아니다. 혼자 살 때보다 더 괴로울 때도 많고, 신경 쓰는 것도 많아진다. 하지만 1년 365일 중에 결혼해서 더 좋은 날이 200일이 넘는다고 생각되면 결혼해라. 최소한 60점 이상은 되고 70점, 80점도 될 수 있으니까."

부부싸움이 잦거나 이혼을 생각하는 부부들을 보면 내 생각보다 기준이 너무 높다. 내가 볼 때는 80점이 되는 것 같은데 본인들은 50점이라고 생각하는 경우가 많다. 좋은 것은 평가절하하고, 나쁜 것은 침소봉대하는 경향이 있기 때문이다.

삶의 질까지 평가하기는 어려우니 단순 수치로 계산해보자. 하루가 별 탈 없이 평온하게 지나가는 것은 아무것도 아니라고 생각한다. 배우자로 인해 즐겁거나 기쁜 일이 생기면 당연하다고 생각한다. 그런데 배우자가 사고를 치거나 배우자로 인해 기분 나쁜 일이 생기면 대형 사고가 터졌다고 생각한다. 과연 이 사람과 같이 살아야 하나를 고민하기 시작한다. 가정이 깨질 수도 있다고 받아들인다.

비슷한 정도의 좋은 일과 나쁜 일인데 좋은 것은 1점, 나쁜 것은 10점으로 받아들인다면 나쁜 일이 한 번만 생겨도 좋은 일 열 번을 한꺼번에 다 까먹는다는 계산이 나온다. 이러면 결혼 생활은 당연히 불행일 수밖에 없다.

'결혼 전에는 두 눈을 크게 뜨고, 결혼 후에는 한쪽 눈을 감 아라'는 말이 있다. 부부 생활은 위를 보지 말고 아래를 보는 삶이다. 내가 생각할 때 100점짜리, 99점짜리 부부를 보면서 살면 우리는 항상 모자라는 부부 같고, 왜 나의 배우자는 저 렇게 하지 못할까 하는 불만만 쌓여간다.

TV나 인터넷을 보면 유명한 잉꼬부부들의 사연이 많이 등 장한다. 탤런트 부부인 최수종-하희라 커플의 이야기를 듣 고 있으면 감탄의 연속이다. 최수종 씨는 '이벤트의 황제'답 게 어쩌면 저렇게 쉬지 않고 아내를 위한 이벤트를 할까. 그 아이디어는 어디에서 샘솟듯 나오는 걸까.

나 같은 '이벤트의 젬병'이 보기에는 부럽기도 하고, 신기하 기도 하다. 나는 이벤트에 관한 한 아이디어가 거의 없다. 다른 사람의 아이디어를 흉내 내다가도 손발이 오그라들어서 어설 프기 짝이 없다. 주변에서는 "이벤트 잘하게 생겼는데 의외"라 고 한다. 어느 정도냐면 일생에 한 번뿐인 프러포즈도 제대로 하지 못했다. 두 번째 만났을 때 집에 데려다 주면서 아파트 입 구에서 "더 시간 끌지 말고 그냥 결혼합시다" 하고 말한 게 전 부다. 나는 그게 프러포즈였다고 우기는데 아내는 지금도 "나 는 프러포즈도 받아보지 못해서 억울하다"고 외친다.

가수 태진아 씨를 보면 더 기가 막힌다. 나도 아내를 무척 사랑하고 아낀다고 생각하는데 태진아 씨의 '옥경이 사랑'을 보고 있자면 정말 '새 발의 피'라는 생각이 절로 든다.

하지만 그들을 보면서 부럽거나 존경하기는 해도 기가 죽지는 않는다. 당신들이 100점짜리라 해도 나도 90점 정도는 된다고 생각하니까. 아내도 "당신은 왜 최수종 씨나 태진아 씨처럼 못해"라고 다그치지 않는다. 100점을 원하는 게 아니니까. 그리고 TV에 비춰지는 그들의 모습이 전부가 아니라는 것을 아니까.

내가 최정상이 아닌 한, 우리 부부가 세상에서 제일 사랑스러운 잉꼬부부가 아닌 한, 누군가는 우리의 위에 있을 것이다. 올림픽이나 월드컵처럼 챔피언을 가려야 하는 경기라면 정상을 차지하기 위해 최선을 다해야 하지만 부부 생활이 그런 것은 아니지 않은가. '세상에서 가장 행복한 부부 콘테스트'는 존재하지도 않고, 가능하지도 않다.

반대로 내가 최악이 아닌 이상, 우리 부부가 세상에서 제일 불행한 커플이 아닌 이상 우리보다 못한 부부가 있게 마련이다. 그들을 보면서 우리 부부의 점수는 몇 점이나 될까를 생각해보자. 60점 이상이면 괜찮은 부부고, 살 만한 세상이다.

열 다섯

쇼핑은 사랑이다

부부가 함께 하면 안 되는 목록이 몇 가지 있다. 그중에서도 자동차 운전 연습과 쇼핑은 빠지지 않고 들어간다. 아무리 시작이 좋아도 반드시 싸움으로 끝난다고 해서다.

　부부가 함께 쇼핑하지 말라는 얘기는 남녀의 쇼핑 행태가 달라도 너무 다르기 때문이다. 대부분 남자에게 쇼핑이란 '필요한 것을 사는 것'이다. 남자라고 해서 더 좋으면서도 더 싼 물건을 마다하지는 않는다. 그러나 '기회비용'을 더 따진다. 내가 기대하는 품질과 가격대의 물건만 찾는다면 더 싸고 더 좋은 물건을 찾으려고 돌아다니는 시간에 다른 일을 하는 게 더 효율적이라고 생각한다. 그래서 첫 번째 가게에서 맘에 드는 물건이 있으면 더 볼 것도 없이 바로 사서 돌아 나온다. 가자마자 사서 시간 낭비하지 않았다고 좋아하면서. 나도 혼자 가면 그랬다.

여자들은 이런 행태를 도저히 이해하지 못한다. 여기 저기 다녀보면 더 좋으면서도 더 싼 물건들이 얼마든지 있는데 어떻게 비교도 하지 않고 덜커덕 살 수가 있는지. 역시 남자들은 멍청하고 단순하고 게을러. 이러니 함께 쇼핑을 가면 부딪칠 수밖에 없다.

나는 좀 별스럽게 처음부터 아내와 함께 쇼핑하는 것을 좋아했다. 아내가 옷 한 벌 사기 위해 한참을 입고 벗고, 이 가게 저 가게 돌아다녀도 그러려니 했다. '나는 참 쿨 한 남편이야' 이러면서. 그래도 그 한계는 딱 한 시간이었다. 그 이상 따라다니는 것은 무리다. 남자 휴게실을 마련해 놓은 백화점이나 쇼핑센터가 많아져서 그건 참 다행이다.

몇 시간 후에 아내가 사온 것들을 보면 감탄사가 나올 정도다. 참 괜찮은 옷을 정말 싸게도 샀다. 집에 돌아온 후 아내는 자신의 포획물(?)들을 펼쳐놓고 신나게 자랑한다. 이거는 순모인데 엄청 가볍고 편하고. 원래는 얼마짜리인데 얼마 주고 샀다느니. 대부분 이월상품이긴 해도 좋은 옷을 좋은 가격에 산 것 같아 "참 잘했어요" 하고 칭찬하곤 했다.

그런데 문제는 그다음이다. 그렇게 몇 시간을 요리조리 심사숙고해서 산 옷을 다음 날 반품하거나 교환하러 간다는 것이다. 집에 와서 입어보니 마음에 안 든다나. 이건 정말 이해할 수 없다. 그 고생하면서 샀는데 엄청난 하자가 있는 게 아니라면 그냥 입는 게 낫지 않나. 이미 보낸 시간은 물론 반품하러 다시 왔다 갔다 하는 시간이 아깝지 않나. 하지만 아내는 단호하다.

이보다 더 이해할 수 없는 게 있다. 그렇게 사놓고 한 번도 입지 않는 옷들이 부지기수다. 옷장에 옷은 늘어나는데 자주입는 옷 몇 벌만 돌려 입는다.

"아니, 입지도 않을 옷을 왜 사요. 아무리 싸게 산다 한들 무슨 소용이요. 만 원짜리라도 결국은 낭비지."

"나중에 다 입을 거예요. 신경 쓰지 말아요."

이런 대화가 거의 20년 동안 평행선처럼 이어졌다. 개선될 조짐은 보이지 않았다. 아내는 계속 싸게 샀다고 좋아하고, 나는 그래도 결국 낭비인데 하고 불만이고. 함께 쇼핑하는 게 슬슬 피곤해지고 있었다. 아내가 싸게 샀다고 자랑하면 '저 것도 입지 않고 처박아 놓겠지' 하고 시큰둥하곤 했다.

이것 역시 어느 날, 섬광처럼 깨달음이 왔다. 뭐든지 20년은 묵혀야 깨달음이 오는 것 같다.

혹시, 혹시 말이다. 아내는 싸게 사는 것 자체에서 즐거움을 느끼는 것 아닐까. 5만 원짜리를 2만 원에 샀다면 3만 원을 싸게 산 것이고, 카드를 긁는 순간 그 물건은 이미 2만 원의 값어치를 다한 게 아닐까. 그렇다면 그 옷을 입느냐 안 입느냐는 중요한 문제가 아니다. 옷을 입으면 기쁨이 두 배?

생각이 여기까지 미치자 그동안 아웅다웅했던 것이 참 부질없는 짓이었다는 생각이 들었다. 정말 그런 거냐고 물어보니 "아직까지도 그걸 몰랐어요?" 하는 반응이 온다. 나는 내가 매우 예민한 사람이라고 생각했는데 그 말을 듣는 순간 멍해졌다. 20년 동안 깨닫지 못했으니 할 말은 없다.

평소 '목적지에 도착하는 것보다 가는 과정을 즐기라'고 떠들던 나는 쇼핑에 관한 한 결과를 중요시했고, 아내는 과정을 즐겼던 것이다.

깨달음의 뒤에는 평안이 온다. 함께하는 쇼핑이 다시 즐거워졌다. 나도 같이 과정을 즐기다보니 한계치도 한 시간을 훌쩍 넘어간다.

아내는 주로 이벤트 코너에 산같이 쌓아놓은 곳에서 물건을 고른다. 나도 같이 고르다가 괜찮은 '보물'을 발견하면 정말 기쁘다. 드디어 나도 쇼핑의 신세계를 연 것이다.

하지만 다리가 아파 오는 것은 어쩔 수 없다. 평소에는 내가 아내보다 잘 걷는 것 같은데 쇼핑 체력은 완전히 다른 차원이다. 쇼핑센터에만 오면 아내는 사이보그(cyborg)로 변신한다.

열 여섯

갱년기라서 그래

여성 갱년기 증상에 XXX.

TV나 신문에서 이런 약 광고를 해도 전혀 관심이 없었다. 갱년기 증상이 뭐 어떤 건데? 그걸 약을 먹어야 해? 사춘기 같은 거 아냐? 시간 지나면 해결되겠지 뭐.

갱년기. 그냥 기본 상식으로 여성들이 나이 들어 폐경이 되면서 나타나는 일시적인 증상 정도로 여겼다. 그런데 이게 내 문제가 되니까 세상이 달라졌다. 미국 라스베이거스에서 총격 사건이 일어나 수십 명이 죽어도 그건 숫자에 불과하지만 지난 밤 아내가 발을 접질려 뼈에 금이 간 건 큰 사건이다.

처음에는 그게 갱년기 증상인 줄도 몰랐다. 어느 날, 아내의 몸에 발긋발긋 발진이 생겼다. 가렵다고 했다. 그냥 두드러기인 줄 알았는데 점점 커져갔다. 나중에는 온몸으로 번졌다. 병원에서도 정확한 원인을 모른다고 했다. 주사 맞고, 약을 먹어도 진정이 되지 않았다. 가려우니까 밤에 제대로 잠을 자지 못했다. 한방 병원에서는 몸에 열이 나서 그런 거니 몸을 차갑게 해주라고 했다. 가만히 있는 것보다는 시원한 곳, 숲 같은 데 가서 산책을 하는 게 도움이 될 지도 모른다고 했다. 수시로 물수건으로 닦아주고, 시간만 나면 서울 근교로 나갔다. 무엇보다도 잠을 자지 못하는 게 고역이었다. 아내는 가려워서 뒤척이는 데 나 혼자 쿨쿨 잘 수도 없었다. 진정이 되나 하면 일 주일쯤 지나 또 재발하고. 한동안 정말 정신을 쏙 빼놓았다.

그 후로는 갑자기 덥다며 창문 열라 하고, 금방 추우니까 닫으라고 하고. 옷을 입었다 벗었다 정상이 아니었다. 내가 그런 상황을 겪어보지 않았으니 이해할 수 없었다. 아니, 그렇게 금방 더워질 수 있는 거야? 답답한 건 아내도 마찬가지. 처음 겪는 일이라 자신도 믿기 어렵다고 했다. 그러면서 "이것 봐요" 하면서 손가락으로 이마를 가리키는데 정말 신기하게도 땀이 순식간에 송골송골 맺히는 게 눈에 보였다. 아, 이게 말로만 듣던 갱년기 증상이구나. 안 봤으면 거짓말한다고 했겠지.

갱년기가 되면 건망증이 심해진다는 말은 여러 군데서 들었다. '핸드폰을 냉장고에 넣고 한참을 찾았다'는 얘기는 단골 메뉴다. 형수 한 분도 "그거 실화"라고, 자기도 그랬다고 실토했다. 핸드폰이 안 보여서 형님 핸드폰으로 전화를 걸었더니 어디서 벨소리는 들리는데 도저히 못 찾겠더란다.

엄마의 건망증이 심해지면서 딸들의 원성이 자자해졌다. 분명히 한 시간 전에 오늘 점심 약속 있어서 외출한다고 했는데 "우리 점심에 뭐 먹을까" 하고 물어본다고. "엄마는 우리 얘기 건성으로 듣는다"고 성토하면 그때마다 아내가 하는 말은 "갱년기라서 그래"다.

갱년기 건망증 스토리 중 최고봉을 소개하겠다.

지방에 사는 부부가 부모님 뵈러 서울로 가는 중이었다. 남편이 운전하고 오다가 중간에 고속도로 휴게소에 들렀다. "피곤하니까 여기서부터는 당신이 운전해" 하면서 자동차 키를 아내에게 건네주고 화장실을 다녀오니까 차가 보이지 않더란다. 주유소에 갔나 하고 아무리 찾아도 보이지 않아서 아내에게 전화를 했다.

"당신 어디야?"

"서울 올라가고 있잖아."

기가 막힌 남편이 "당신 뭐 잊어버린 거 없어" 하니까 돌아오는 대답이 "나 지금 운전 중이니까 끊어" 하더란다.

운전하면서 라디오로 이 사연을 듣다가 완전 뒤집어져서 하마터면 사고를 낼 뻔했다. 지어낸 이야기보다 실화가 더 기가 막힌 경우가 많다.

아, 내 아내는 애교 수준이구나. 그다음부터 아내가 엉뚱한 소리를 해도 오히려 귀여워 보인다.

병은 자꾸 주위에 알려야 하고, 자동차 사고는 다양한 케이스를 많이 들어야 한다고 한다. 창피하다고 숨기지 말고, 내 병을 자꾸 알리다 보면 생각지도 못했던 도움을 받을 수 있다. 유능한 의사를 소개받기도 하고, 유용한 정보도 얻을 수 있다. 자동차 사고가 끔찍하다고 듣기 싫어하는 사람이 있다. 그러나 여러 이야기를 듣다 보면 사고를 예방하는 효과가 있다.

나도 그랬다. 큰 딸이 아직 어렸을 때였다. 주차장에서 아들이 뒤에 서있는 줄 모르고 차를 후진해서 빼다가 그만 최악의 사고를 낸 이야기를 들었다. 남의 일 같지가 않고, 그 아빠는 앞으로 어떻게 살까 하고 함께 걱정했었다. 며칠 뒤, 출근하기 위해 차에 시동을 걸고 후진하려다 갑자기 그 생각이 떠올랐다. 뒤를 돌아보니 딸이 서 있었다. 심장이 쿵, 식은땀이 흘렀다. 아빠 출근한다고 딸이 따라 나왔던 거였다. 만일 그 사고 이야기를 듣지 않았더라면 영락없이 내가 그 주인공이 될 뻔했다.

갱년기 이야기도 마찬가지다. 다양한 사례를 듣는 게 좋다. 도무지 이전에 알지 못했던, 보지 못했던 증상이 나타나니 오해하기 딱 십상이다. 안 그러던 사람이 갑자기 변덕이 죽 끓듯 하니 "이 사람이 미쳤나" 하는 험한 말이 튀어나오고, 부부 사이에 위기가 오기도 한다. 이게 무슨 병도 아니고, 정확하게 표준화된 증상이 있는 것도 아니다. 긴가민가하니 헷갈린다. 사람마다 조금씩 다른데 이게 다 갱년기 증상이란다. 권태기도 잘 넘겨야 하지만 갱년기도 잘 넘어가야 한다. 그러기 위해서는 조금 이상할 때 화부터 내지 말고 '이게 혹시 갱년기 증상이 아닐까' 하는 '합리적 의심'을 해보길 바란다.

갱년기의 기간이 정해져 있는 것도 아니어서 1~2년 만에 끝나는 사람도 있고, 10년 가까이 고생했다는 사람도 있다. 아내의 경우 벌써 7년이 지났는데 지금도 갑자기 인중에 땀이 맺힌다. 이젠 서로 쳐다보며 웃는다.

'남성 갱년기'도 있다고 한다. 폐경 같은 신체적 변화는 없으니 여자만큼 심하지는 않지만 감정의 기복이 심해지고, 우울하거나 허무한 감정이 지속되기도 한다. 여기에 퇴직이나 은퇴 같은 대변혁이 일어나면 그 증상이 한층 커진다. 남편들만 아내 갱년기를 알아야 하는 게 아니라 아내들도 혹시 내 남편도 갱년기인가 한 번 쯤은 의심해봐야 한다.

한마디로 갱년기 부부는 서로의 감정을 다치지 않게 조심해야 한다는 말이다. 이전 같으면 그냥 넘어갔을 말인데도 괜히 서럽고, 화나고, 나를 무시하는 것 같은 느낌이 들기도 한다. 그럴 때마다 소리 높이지 말고 "갱년기라서 그래"라는 한마디로 서로 위로해 주는 지혜가 필요하다.

여행은 현재 진행형

홍도는 참 예쁜 섬이다. 이름도 예쁘지만 섬 자체도 예쁘다. 홍도를 가려면 목포에서 배를 타야 한다. 출발을 기다리는데 30여 명의 할머니들이 우르르 배를 탔다. 단체로 홍도 관광을 가는 길이었다.

그날 날씨가 좋지 않았다. 중간부터 바람이 불고 파도가 치는데 배가 요동을 쳤다. 속이 약간 메슥거렸지만 무사히 홍도에 도착했다. 그런데 심한 멀미에 시달린 할머니들은 내릴 생각을 못하고 있었다. 홍도에 내려서 싱싱한 회도 먹고, 바다 구경도 하고, 신나게 즐기다가 목포로 돌아가려고 선착장에 왔는데 그 할머니들이 여전히 배에 누워 계셨다. 세상에. 놀러 왔다가 고생만 실컷 하고 아무것도 못하고 돌아가게 생겼으니 참 불쌍한 분들이라고 생각했다. 여행도 아직 힘이 있을 때 하는 거다.

젊었을 때는 돈도 모으고 자식들도 키워야 하니 여행은 나중에 시간도 돈도 여유 있을 때 하는 거라고들 생각한다. 맞다. 모든 것에는 다 때가 있다. 일할 때는 일을 해야 한다. 우리는 이솝 우화 '개미와 베짱이'를 배우며 자랐다. 모두 개미가 되길 원했다.

하지만 여행을 해외여행 정도로 거창하게 생각하니까 그렇다. 일상에서 잠시 벗어나는 것은 다 여행이다. 집을, 회사를, 일을 떠나는 순간 나의 여행은 시작된다.

특히 부부 여행은 '나중에'가 없다. 함께 여행할 수 있는 시간이 생각보다 많지 않기 때문이다. 노인들이 최고의 소원으로 꼽는 '9988234(99세까지 팔팔하게 살고 이삼일 앓다가 죽기)'의 행운을 안는 부부가 얼마나 있을까. 나중에 여행하려면 두 사람이 모두 건강하게 오래 살아야 한다. 이 두 가지 조건을 충족시키기는 쉽지 않다. '아홉수'라는 말이 있듯이 일찍 배우자와 사별하는 경우도 있고, 한 명이라도 건강하지 못하면 부부 여행은 딴 나라 이야기가 된다.

나중에 함께 여행을 가려고 열심히 돈을 모아놨더니 덜컥 병에 걸려 눕는 바람에 후회하는 부부가 얼마나 많은지 모른다. 아예 꼼짝 못하는 경우도 있고, 걷지 못하기도 하고, 일상

생활은 가능하지만 두 시간 이상은 앉아 있지 못하는 경우도 있다. 이들에게 '부부 여행은 사치'다.

최근 만난 선배가 요즘 허리가 아파서 치료를 받으러 다닌다고 했다. 평소 건강하던 분이라 의아했는데 이유가 기가 막혔다.

"비행기를 짧은 기간에 너무 많이 타서 그래."

은퇴하자마자 그동안 미뤄놓았던 여행을 하느라 여기저기, 그것도 장거리로 뻔질나게 다니다보니 허리가 견뎌내질 못했던 것이다. 나이가 들다보니 열두 시간 이상 비행기 좌석에 앉아 있는 것도 보통 일이 아니다. 여행은 나이 들어 한꺼번에 몰아서 하는 것이 아니다. 여행도 인생과 마찬가지다. 100m 달리기가 아니라 42.195km를 꾸준히 달려야 하는 마라톤이다.

85세에 생을 마감한 미국의 평범한 노인이 죽기 전에 썼다는 시를 본 적이 있다. 〈내가 만일 인생을 다시 산다면〉이라는 시였는데 온통 후회하는 내용이었다. 그중에서도 역시 여행을 자주 다니지 못한 것이 가장 크게 다가왔다.

내가 인생을 다시 살 수만 있다면 더 어리석게 살리라.

여행도 더 자주 다니고 석양도 더 오래 바라보리라.

아주 간단한 복장을 하고 자주 여행길에 오르리라.

인생의 선배들이 여행을 많이 하지 못한 것을 후회하는 이유는 여행이 인생을 풍족하게 해주고, 부부 사이를 끈끈하게 이어주는 역할을 하기 때문이다.

우리 부부는 다행히도 일찌감치 여행의 가치를 간파했다. 기자와 결혼하는 순간부터 같이 보내는 시간이 많지 않을 것이라는 사실은 아내도 알고 있었다. 내가 특히 가족에게 미안했던 것은 명절이나 공휴일에 함께하지 못하는 순간이었다. 친척들 사이에서 남편과 아빠 없이 겉도는 가족의 모습이 상상이 됐다. 보상 심리가 작용했을 터였다. 틈만 나면 나갔다. 나에겐 다 여행이었다.

야근을 하고 새벽에 퇴근할 때가 오히려 기회였다. 잠시 눈만 붙이고는 양평, 청평, 가평 등 근교로 나갔다. 낮에 출근할 때까지 오전 짧은 시간이었지만 맑은 공기 쐬고, 차 한 잔 마시면 그걸로 충분했다. 사람이 없어서 더 좋았다.

나와 아내는 둘 다 사람 많은 곳을 싫어한다. 한적한 곳만 찾아다닌다. 그런 취향은 완벽히 일치한다. 평일 오전 10시쯤 북한강변의 카페에 앉아 흐르는 강물을 바라보며 조용한 음악과 함께 따뜻한 차를 마시면 모든 피로가 풀린다. 여유가 생기니 아내를 바라보는 눈길이 더욱 사랑스러워지는 걸까. 힐끗 종업원의 눈빛이 수상하다. 혹시 우리를 불륜 커플이라고 생각하나. 하긴 이 시간에 이런 곳에 와서 차를 마시는 부부가 얼마나 있을까. 그런 상상을 하면서 둘이 낄낄 대며 웃는다.

'시간이 많지 않을 때는 가까운 곳, 여유가 있으면 먼 곳'이라는 원칙만 지키면 '여행할 시간이 없다'는 것은 핑계다. '시간이 없다'는 말은 '우선순위가 아니다'는 말과 똑같다.

우리 부부의 공통점이 또 있다. 패키지여행을 싫어한다. 결혼 초에 동남아 패키지여행을 갔다가 앞으로 가능하면 우리끼리 다니기로 했다. 패키지여행의 장점은 분명히 있다. 직접 계획을 짜지 않고 가이드만 따라다니면 되고, 개인이 가기 힘든 곳도 갈 수 있고, 가격이 싼 경우도 많고, 가이드의 해박한 지식 덕분에 많은 것을 배울 수 있다. 그러나 바쁜 일정, 정형화된 코스와 식사 등 불편함도 감수해야 한다.

어머니가 패키지여행으로 독일을 간 적이 있었다. 하루는 세계에서 가장 큰 맥주 통을 보러간다고 했다. 한참 후에 가이드가 "잘 보셨죠?" 하더란다. 알고 보니 맥주 통 주위를 한

바퀴 돌고 나왔는데 어머니는 그저 앞사람만 열심히 따라 다니다가 아무것도 못 봤다고 해서 한바탕 웃은 기억이 있다.

그런데 최근에 우리 부부가 패키지여행을 갔다. TV 채널을 돌리다 우연히 홈쇼핑에서 발칸 5개국 여행상품을 소개하는 것을 보게 됐다. 알바니아-보스니아 헤르체고비나-몬테네그로-크로아티아-슬로베니아를 도는 코스였다.

"저기는 우리끼리 가기 힘든 코스야."

정말 충동적으로 예약을 하고 다녀왔다. 오랜만에 패키지여행을 하니까 그건 또 그 나름의 맛이 있었다. 미리 자료를 보고 공부도 했지만 가이드의 설명을 들으니 더 좋았다. 우리는 드라마를 보지 않는데 슬로베니아의 블레드 성에 갔을 때 일행이 〈흑기사〉 얘기를 했다. 그 드라마의 배경이 이곳이라고 했다. 흑기사를 보고 꼭 이곳에 오고 싶었다는 아주머니도 있었다. 덕분에 '드라마 다시 보기'로 흑기사를 보는 '역주행'의 경험도 했다.

하지만 역시 우리끼리는 통했다.

"크로아티아는 다음에 우리끼리 따로 옵시다."

다음에 갈 때는 아예 차를 렌트해서 크로아티아를 한 바퀴 돈 다음 페리를 타고 아드리아 해를 건너서 이탈리아까지 섭렵하는 코스를 잡아볼까 하는 욕심도 생긴다.

우리끼리 계획을 세우고, 차를 빌려 우리가 가고 싶은 곳을 마음대로 다니는 여행이야말로 최고의 여행이라고 생각한다. 요즘에는 항공편과 호텔 예약이 쉬워서 정말 좋다. 가격도 일목요연하게 비교해서 보여주니 선택하기도 쉽다.

스포츠 기자 시절, 취재를 위해 세계 여러 나라를 다녔다. 미국, 일본, 중국은 물론 캐나다, 프랑스, 카타르, 호주 등을 '혼자' 다니면서 꼭 가족과 함께, 아내와 함께 다시 오리라고 마음먹었다. 요즘 각종 여행 프로그램에서 출연자들이 "여기는 가족과 함께 꼭 다시 오고 싶다"고 할 때마다 어떤 마음인지 완전 이해한다.

캐나다 밴프 국립공원(Banff National Park)의 '레이크 루이스(Lake Louise)'도 그랬다. 출장 차 갔다가 이 아름다운 광경을 혼자 본다는 게 너무 미안할 정도였다. 그러다가 생각지도 않던 '20년 근속 휴가'라는 게 생겼다. 선배들에게 욕을 먹건 말건 그대로 아내와 함께 캐나다 로키를 향해 떠났다. 직접 렌터카를 운전해서 주차장에 세우고, 아내의 손을 잡고 루이스 호수를 향해 걸어가던 그 벅찬 순간을 지금도 잊을 수 없다.

미국의 국립공원들은 한국에서는 볼 수 없는 스케일을 자랑한다. 막혔던 가슴을 뻥 뚫어주기에 최적의 여행지다. 미국에서 1년 살던 시절 미국 자동차여행의 백미는 '그랜드 서클(Grand Circle)'이라는 글을 보고 겁도 없이 그대로 따라해 본 적이 있다. 캘리포니아-네바다-애리조나-유타 주에 걸쳐 그랜드 캐년 국립공원(Grand Canyon)-자이언 국립공원(Zion National Park)-브라이스 캐년 국립공원(Bryce Canyon National Park))-아치스 국립공원(Arches National Park)-모뉴먼트 밸리(Monument Valley)-글렌 캐년(Glen Canyon) 등을 돌아오는 코스였는데 우리에게 주어진 시간이 너무 짧다는 게 한이 될 정도로 좋았다.

꼭 다시 갈 것이다. 그때는 반드시 여유 있게 천천히 즐길 것이다. 그리고 이번에는 홀슈 밴드(Horseshoe Band)와 앤틸로프 캐년(Antelope Canyon), 데스 밸리(Death Valley)까지 갈 것이다.

여행은 과거의 추억에 그쳐서는 안 된다. 여행은 항상 현재진행형이다. 미래 지향이기도 하다. 여행을 하다 보면 '나도 저렇게 하고 싶다'는 부러움이 생길 때가 있다. 미국 뉴멕시코 주에 있는 '화이트 샌즈(White Sands)'에 가서 도저히 지구상의 풍경 같지 않은 광경에 감탄, 또 감탄을 하고 돌아 나오는 길이었다. 저 멀리 모래언덕 위에 의자를 놓고 앉아 하염없이 노을을 바라보고 있는 노부부가 보였다. 아름다운 한 폭의 그림이었다. 그분들의 표정은 보지 못했지만 여유와 사랑이 느껴졌다. 저거다. 우리도 저렇게 하고 싶다. 아, 이제부터 는 접는 의자를 차에 싣고 다녀야겠구나.

　외국에 다녀올 때마다 느끼는 게 있다. 대한민국의 재발견이다. 크고 웅장한 곳을 보고 오면 이전에 보지 못했던 아기자기한 아름다움이 보인다. 설악산은 미국의 국립공원과 비교해도 전혀 뒤지지 않는다고 생각한다. 속초나 양양에서 바라보는 동해 바다는 캘리포니아 해변에서 보는 태평양과 이어져 있다. 같은 바다다. 동해안을 따라가는 7번 국도는 미국 1번 해안도로에 맞먹는 드라이브의 기쁨을 선사한다.

　통영을 흔히 '한국의 나폴리'라고 부른다. 나폴리는 안 가봤지만 통영은 가봤다. 터키 이스탄불 공항에서 터키 패키지 여행을 하고 한국으로 돌아가는 통영 사람들을 만난 적이 있다. "파묵칼레가 좋았어", "카파도키아가 멋있었어" 이런 얘기를 하다가 지중해의 휴양 도시 안탈리아(Antalya)에 대해서는 "통영보다 못하던데" 하는 게 아닌가. 그런데 그 자리에 있던 통영 사람 모두가 동의했다.

　통영은 물론 거제, 남해, 여수, 보성, 울진 등 모두 보석과도 같은 곳이다. 여행은 느낌이다. 내가 그렇게 생각하면 그런 것이다.

한때 여행이 '증명사진 찍기'였던 때가 있었다. 1988년 서울올림픽을 계기로 해외여행 자유화가 되면서 말로만 들었던, 사진으로만 봤던 유명한 곳을 갔다 왔다는 것이 중요했다. '나 여기 가봤다'고 자랑하기 위한 용도이기도 했다. 하루에 몇 군데씩 돌아다니며 증명사진 찍고, 돌아와서 사진 보면서 구경하는 게 여행이었다. 이제는 그런 식의 여행은 점차 줄어들고, 몇 군데만 집중적으로 보는 여행이 대세다.

한국의 젊은이들이 일찍 여행에 눈을 뜬 것은 참 좋은 일이다. 여행을 가기 위해 돈을 모으고, 알뜰하게 사용한다. 인터넷 강국답게 치밀하게 준비해서 알찬 여행을 즐긴다. 이들은 적어도 나중에 여행 때문에 후회하지는 않겠다.

가끔은 직장도 그만 두고 과감하게 세계여행을 시도하는 사람들도 있다. 부럽지만 혹시 저축의 즐거움을 모를까 봐, 시드 머니(seed money)의 중요성을 간과할까 봐 걱정될 때도 있다. 하지만 그건 꼰대의 기우라고 생각하고 싶다. 그 여유와, 그 자신감과, 그 패기로 인생의 역경을 충분히 헤쳐 나갈 수 있으리라 보기 때문에. 다만 '홀로' 여행보다는 '함께'하는 여행을 권하고 싶다.

흔히들 여행이 재충전의 기회라고 말한다. 여행을 다녀와서 "확실하게 재충전하고 왔어요"라든지 "이제 뭐든지 할 수 있을 것 같아요"라고 말하는 사람들을 많이 봤다. 일주일 정도는 씩씩하게 다닌다. 그걸로 끝이다. 약효가 일주일 이상 가는 경우는 거의 보지 못했다. 오죽하면 '휴가가 가장 필요한 사람은 금방 휴가에서 돌아온 사람'이라는 말까지 나올까.

나는 '재충전'이라는 단어에 너무 힘을 주지 않았으면 한다. 재충전이라는 말 속에는 새로 채워 넣어야 한다는 의미가 있다. 여행을 갔으면 뭔가 하나라도 배우고, 뭐라도 달라져야 할 것 같은 강박감이 생길 수 있다.

심호흡 할 때를 생각해보자. 우리는 평소에 얕은 숨을 쉰다. 심호흡을 하라면 보통 많이 들이마시는 것부터 생각한다. 폐활량 검사할 때도 "크게 들이마시고 힘껏 부세요" 한다. 그런데 더 좋은 방법은 먼저 많이 내뱉는 것이다. 허파꽈리에 남아있는 공기를 완전히 짜내면 비어있는 공간에 공기는 저절로 들어와 채워지게 돼있다. 호흡(呼吸)이라는 단어 자체에 '날숨(呼)'이 '들숨(吸)'보다 먼저 나온다. 호흡의 주된 목적이 산소를 얻기 위함이 아니라 몸속의 이산화탄소를 빨리 제거하기 위함이라는 것도 잊지 말자.

여행도 마찬가지다. 충전을 생각하지 말고 먼저 머리와 가슴을 깨끗이 비우는 게 중요하다. 뭐가 채워질지는 모른다.

비우는 게 우선이다.

여행을 떠나기 전에는 치밀하게 계획을 세워야 하지만 여행할 때는 시간에 쫓기지도 말고, 바쁘게 돌아다니지도 않는 게 좋다. 그런 의미에서 요즘 유행하는 '한 달 살기'는 여행의 진수를 느낄 수 있는 좋은 방법이라고 생각한다. 잠깐 스치고 지나가는 것과 살아보는 것은 완전히 다른 세계다.

아직 아내가 직장생활을 하고 있기 때문에 멀리 가는 여행은 방학 때만 해야 한다는 게 유일한 불만이다. 이때는 여행 성수기라서 어딜 가도 사람이 많고, 숙소 구하기도 힘들고, 비싸기도 하다. 우리가 추구하는 여행 스타일이 아니다. 하지만 어쩔 수 없다. 계획만 잔뜩 세워놓고 있다.

아내가 은퇴한 다음에는 제주도 한 달 살기, 프라하 한 달 살기, LA 세 달 살기 등을 시도해 보고 싶다.

여행은 '멍청해지기'이며 '느리게 살기'다.

열 여덟

산은 높고 골은 깊다

'젊을 때 고생은 사서도 한다'는 말이 있다. 힘이 떨어질 때를 대비해서 힘이 있을 때 열심히 일하라는 뜻이다. 지금 힘들어하는 젊은이들을 위로할 때도 쓴다. 그런데 아무리 젊고 힘이 좋아도 돈을 주면서까지 고생하고 싶지는 않다. 이왕이면 편하게 살고 싶은 게 사람의 마음이다. 어쩔 수 없어서 고생하는 것이지 피할 수만 있다면 피하고 싶다.

중세 때 수도사들은 일부러 고행을 했다. 십자가의 고통을 직접 경험한다며 일부러 손발에 못질을 했으며 무릎으로 계단을 기어올라 피범벅이 되기도 했다. 사서 고생이지만 이것은 신앙의 영역이다.

운동 중독인 사람들도 얼핏 보면 사서 고생하는 것 같다. 고통으로 얼굴이 일그러지면서도 무거운 것을 들고, 숨이 턱에 차올라 오는데도 뛰는 것을 멈추지 않는다. 그것도 돈을 주고 한다. 하지만 이들은 '고생 끝에 낙이 온다'는 사실을 체험으로 알고 있다. 멋진 근육과 몸매가 보상으로 따라오기 때문이다.

즉시 보상으로 러너스 하이(runners high)도 있다. 처음에는 힘이 들지만 30분 이상 달리면 몸이 가벼워지고 머리가 맑아지고 경쾌해지는 증상이다. 우리의 뇌가 신체의 고통을 줄이기 위해 엔돌핀을 분비하기 때문이란다.

결혼은 왜 하는가. 좋으니까 하는 것이다. 고생하려고, 고통 받으려고 결혼하는 사람은 없다.

'그래서 두 사람은 결혼해서 오래오래 행복하게 잘 살았답니다. 끝.' 이렇게 해피엔딩이 됐으면 좋겠지만 그렇지 않다는 것은 나도, 너도, 우리 모두 알고 있다. 인생이 좀 평탄했으면 좋겠는데 왜 산도 넘어야 하고, 물도 건너야 하는가. 지구가 그냥 평평한 땅이라고 가정해보자. 높낮이가 없으면 물이 흐를 수가 없다. 흐르지 않는 물은 반드시 썩는다. 산이 있고 골짜기가 있어야 깨끗한 물이, 우리의 생명수가 흘러간다.

결혼생활에서 부딪치는 산과 골짜기는 솔직히 두렵다. 둘이 함께 산을 넘어가는 게 너무 힘들 때는 돌아가는 길도 있는데 굳이 넘어야 하나 생각도 든다.

후퇴하거나 우회하는 것이 꼭 나쁜 것은 아니다. 도저히 넘을 수 없을 때는 돌아가는 것이 현명하다. 산 정상에서 눈사태가 일어나고 있는데 고집부리고 강행하다 모두 몰살당하는 경우도 있다.

여기서부터는 판단이다. 일반적으로 산길은 험하지만 지름길이고, 우회로는 평탄하지만 한참 돌아간다. 어느 길을 선택할 것인가.

그 이전에 판단할 게 있다. 과연 산사태가 일어날 정도로 위험한 상태인가 아닌가를 판단하는 게 먼저다. 바람이 좀 강하게 부는 정도인데 산사태가 날 거라고 겁을 먹고 돌아간다면 손해도 보통 손해가 아니다.

정말 위험한 상태라고 해도 돌아갈 것인가 잠시 피했다가 산사태가 멈춘 다음 넘어갈 것인가를 결정해야 한다. 둘 중 하나를 선택하는 단순한 문제가 아니다.

통계청이 발표한 2017년 대한민국의 이혼 건수는 10만 6,000건이다. 건수는 2016년에 비해 약간 줄었지만 이는 결혼건수 자체가 줄어들었기 때문으로 분석한다. 이혼율은 여전히 OECD 국가 중 9위, 아시아 국가 중 1위다.

이 중 황혼이혼(혼인 지속기간이 20년 이상이거나 65세 이상 부부의 이혼)이 31.2%(3만 3,000건)로 가장 많았다는 사실은 눈여겨볼

대목이다. 그토록 오래 부부로 살아왔는데 정이 쌓인 게 아니라 불만이 쌓인 결과다. '지금까지 참았는데 조금 더 참지'라고 하는 것은 더 이상 조언이 될 수 없다.

그다음이 4년 이하의 신혼부부로 22.4%(2만 3,700건)였다. 이 시기의 이혼을 일명 '욱 이혼'이라고 한다. 황혼이혼과 달리 순간의 화를 참지 못하고 극단의 결정을 내리는 경우가 많기 때문이다. 이혼을 심사숙고해야 할 대상이 바로 이들이다. 지금이 산사태인가 아닌가, 기다릴 것인가 돌아갈 것인가.

살면서 '자살'이나 '이혼'을 한 번도 생각하지 않은 사람이 있을까. 있다면 정말 행복한 사람이다. 생각을 실행에 옮긴 사람은 많지 않다. 당시에는 더 이상 도망갈 구멍이 없다고 생각했지만 시간이 지나면서 고통이 저절로 사라지거나 어둠 속에서 한 줄기 빛이 들어오는 걸 경험했을 것이다. 나는 태풍이나 쓰나미라고 생각했는데 지내고 보니 그냥 스쳐 지나가는 바람이었던 경우가 대부분이다.

말에는 생명력이 있다. '말이 씨가 된다'는 속담도 있다. 그래서 좋은 일이라면 자꾸 말해야 하고, 나쁜 일이라면 입 속에 담아두는 게 좋다.

사직서를 늘 책상 서랍에 넣어두었던 지인이 있었다. 회사에 불만이 있으면 "나 그만 둘래" 하면서 준비해둔 사표를 집어던졌다. 지금 같으면 당장 수리되겠지만 경제가 호황이었던 1980~90년대 얘기다. 매번 사표는 반려가 됐고, 상사들은 "왜 또 이래" 하면서 달래줬다. 뻑하면 "그만둔다"는 말을 입에 달고 살았다. 이런 상황이 계속 될 수는 없다. '사표 협박'에 시달리던 상사가 어느 날 당사자가 없는 사이 서랍에 넣어두었던 사직서를 가져다가 그냥 수리해버렸다. 거짓말 같지만 실화다.

"이혼할거야", "나 이혼 할래", "당신 이혼하고 싶어?"

이렇게 이혼을 자꾸 말하다 보면 정말 이혼해야 할 것 같은 기분이 든다. 이혼을 안 하는 것이 마치 내게 용기가 없어서 그런 것 같다.

부부싸움을 할 때 툭 하면 이혼을 거론하는 부부가 많다. 정말 이혼할 생각이 아니라면 말을 아끼는 것이 좋다.

한바탕 부부싸움을 한 후에 '내가 정말 이 사람과 계속 살아야하나'를 심각하게 생각하는 부부도 많다. 하지만 부부싸움은 '일상다반사'라고 생각하는 것이 좋다. 어차피 산도 넘고 물도 건너야 하는 게 인생이고 결혼생활이다. 수많은 날들 중에서 그냥 부부싸움 한 번 한 것뿐이다. 시간이 지나서 뒤돌아보면 대부분 별 거 아니었다는 말이다.

오해는 하지 말기 바란다. 상습 폭행과 같은 명백한 이혼 사유가 있는 부부에게까지 권하는 말은 아니다. 무조건 참고 살라는 말이 결코 아니다.

우리 부부는 '이혼'이라는 말을 거의 입에 담지 않고 살았다. 말이 씨가 됨을 알았기에 겁이 나서 그랬다. 서로 조심했다.

결혼할 때는 맞벌이였다. 아내는 사립 고등학교 보건교사였는데 첫 애를 낳고 나서 한 학기를 더 다니다가 육아 문제로 그만뒀다. 심사숙고한 끝에 내린 결론이었다.

그런데 큰 애가 중학교에 들어갈 때쯤 갑자기 교사 임용시험 준비를 하겠다고 했다. 자식들 웬만큼 키운 다음 다시 취업 전선에 뛰어든다는 게 보통 일이 아닌데 그런 결단을 내려준 아내가 고마웠다. 살림하면서 공부하는 게 쉬웠을 리 없다. 재수, 삼수 끝에 합격했다. "수고했어요. 축하해요. 당신 대단해" 하면서 좋아하고 있는데 청천벽력 같은 소리가 들렸다.

"사실 나 이혼하기 위해서 임용시험 준비했던 거예요."

쇠망치로 얻어맞은 것처럼 멍해졌다. 이게 무슨 소리야. 내가 지금 꿈을 꾸고 있나. 이혼이라니.

"경제력이 있어야 독립할 수 있잖아요."

그런 거였나. 그런데 3년 동안 아무런 티도 안 내고 살았다고? 무서운 여자네. 충격에서 벗어나지 못하고 있는 내게 아내가 말했다.

"걱정하지 말아요. 지금은 이혼 생각 없어졌으니까. 하지만 이혼할 생각으로 독하게 공부했으니까 합격했지. 안 그래요?"

그래 맞아. 하지만 무서워.

지금은 그때 일을 웃으면서 얘기한다.

"그게 그렇게 충격이었어요?"

"그걸 말이라고 해?"

당시는 엄청난 파도였는데 지나고 보니까 작은 해프닝이었을 뿐이다. 그렇게 '위기의 부부'들은 파도를 헤쳐 나간다.

따져보면 아내가 경제적으로 독립하려고 했기 때문에 생각할 시간을 벌었고, 위기를 넘길 수 있었다. 나는 아무것도 모른 채. 대책 없이 이혼했다가 여자들만 고생하는 경우가 많다. 요즘에는 재산 분할 제도가 잘 정착돼서 그럴 가능성은 거의 없다. 그렇기 때문에 이혼을 결정할 때는 오히려 이전보다 더욱 신중해야 한다.

4장
겨울

열 아홉

당신의 온기를 느끼고 싶어

정신적인 거리와 물리적인 거리는 정비례한다. 가까운 사이일수록 가까운 거리를 유지하는 것은 당연하다. 두 사람이 양쪽에서 막대 과자를 입에 물고 먹으면서 입술이 얼마나 가까이 접근하는지 보는 게임이 있다. 둘의 친밀도를 알아보기에 그만인 게임이다. 하긴 요즘엔 상품에 눈이 멀어 남자끼리도 아예 입술을 마주 대는 만행을 저지르기도 하지만.

　백발이 성성한 노부부가 다정히 손을 붙잡고 산책하는 모습을 종종 볼 수 있다. 그게 낯설지 않고 아름답게 보이는 것은 한국 사회도 많이 개방됐다는 증거다. 젊은 연인들이 손을 잡거나 팔짱을 끼고 걷는 것과 노부부의 그것은 느낌이 많이 다르다. 연인들에게서는 '뜨거움'이 느껴지지만 노부부에게서는 '따스함'이 느껴진다.

다들 '젊었을 때는 사랑으로 살고, 늙었을 때는 정(情)으로 산다'고 한다. 맞다. 매일 티격태격하며 "어이구 저 웬수 때문에 못살아"하면서도 '그 놈의 정이 뭔지' 마지못해 산다는 사람도 많다.

'정도 사랑'이라는 주장도 있다. 갑론을박이 많겠지만 내 생각에는 교집합 아닐까 한다. 정이 곧 사랑은 아니지만 사랑도 일부 포함돼 있는.

정이 곧 사랑이 아니라는 증거는 스킨십(skinship)에서 나타난다. 사랑하는 사람끼리는 스킨십을 마다하지 않는다. 친밀한 정도에 따라 더 붙잡고, 만지고, 쓰다듬고, 껴안고, 키스한다. 어떻게 해서든 더욱 몸을 밀착시키려고 애를 쓴다. 그게 자연스럽다.

그러나 오래된 부부에게서 끈적끈적한 스킨십을 찾아보기는 어렵다. 뜨거웠던 시절에 비하면 확실히 적당한 거리감이 생긴다. '오래 됐다'는 기준은 사람마다 다를 것이다. 누구는 5년만 지나도 "아이고 지겨워" 소리가 나오고, 누구는 30년이 지났어도 "우린 아직 신혼"이라고 말한다. 개인의 편차가 심하기 때문에 다른 부부가 우리의 기준이 될 수 없다.

부부의 사랑을 확인하는 가장 좋은 수단이 스킨십이다. 손도 잡지 않고, 안아주지도 않고, 뽀뽀도 하지 않으면서 말로만 "사랑해" 했을 때 배우자가 그 사랑을 진정으로 느낄 수 있을까. 시각과 청각도 중요하지만 촉각이야말로 사랑의 메신저다. 말을 하지 않아도 살짝 잡아주는 손길만으로도 사랑을 느낄 수 있다.

원래 스킨십은 심리학에서 나온 육아 용어다. 자식에 대한 애정은 피부의 접촉 없이는 깊어지지 않는다. 자식은 부모로부터 받은 촉각의 체험이 바탕이 되어 인격이 건전하게 발달한다고 한다. 그래서 육아에 거의 신경을 쓰지 않은 아버지와 자식들의 친밀도는 멀 수밖에 없다. 나이를 아무리 많이 먹어도 '엄마', '어머니' 소리만 들으면 애틋한 감정이 솟는 것은 어렸을 때의 그 촉감이 떠오르기 때문이다. 보드라운 엄마의 젖무덤, 내 볼을 쓰다듬던 손길, 배탈이 나면 배를 주물러주던 약손. 이런 것들이 모두 촉각의 기억으로 떠오른다. 부부 사이에도 똑같다. 같은 경험, 같은 촉각의 기억을 만들어가는 부부는 계속 행복할 수 있다.

나이 들어가면서 스킨십을 아예 멀리 하는 부부들을 본다. 손만 잡아도 "징그럽다"며 뿌리친다. 몸에 살짝 닿아도 싫다고 한다. 섹스는 아예 생각하지도 못한다. "어떻게 가족끼리 그런 짓을 할 수 있나"는 단순한 우스갯소리가 아니다. 이런 부부는 '황혼이혼'이라는 시한폭탄을 몸에 지니고 산다고 생각해도 좋다.

　부부의 스킨십은 계속 돼야 한다. 차츰 빈도가 줄어들고 강도가 약해지더라도 중단해서는 안 된다. 일단 끊어졌다가 다시 하려면 처음 시작할 때보다 힘들다. 스킨십이 중단되는 이유 중 가장 큰 것은 역시 부부싸움이다. 대판 싸우고 나면 꼴도 보기 싫은데 손이라도 잡고 싶겠는가. 옆에 있는 것도 싫어서 다른 방이나 거실에서 따로 자거나 아예 집을 나가버리기라도 하면 문제는 커진다. 감정의 골이 깊어져서 상황이 더 악화되면 스킨십의 가능성은 거의 없어진다. 다행히 잘 수습되거나 오해가 풀려서 부부 관계가 회복된다 하더라도 이전 같은 강도의 스킨십을 하는 것은 어색해진다. 그래서 화가 난 채로 잠자리에 들지 말라고 하는 것이다. 화를 풀고 잠자리에 들면 자연스럽게 스킨십으로 이어지고, 스킨십을 통해 사랑이 더욱 단단해지게 된다.

　스킨십을 유지하는 가장 간단한 방법은 수시로 손을 잡는 것이다. 가장 쉽고도 부담 없는 방법이다. 설거지를 하고 난 뒤의 차가워진 손을 잡고 따뜻한 온기를 나눠보라. '젖은 손이 애처로워 살며시 잡아본 순간'은 구닥다리 노래가사다. 자주 잡다보면 젖은 손이 애처로워 질 틈이 없다.

우리 부부는 연애할 때나 결혼하고 나서도 팔짱은 별로 끼지 않았다. 팔짱보다는 손을 잡는 것을 좋아했다. 손을 잡으면 따뜻한 온기가 전해져서 좋았다. 손잡는 것 정도는 다른 사람 눈치 볼 것도 없다. 가장 간단한 스킨십이지만 부부의 사랑을 확인하는 데는 충분하고도 남는다.

손을 잡는 게 어색할 수도 있다. 그럴 때는 TV를 볼 때 따로 보지 말고 함께 소파에 나란히 앉아서 보는 것이 좋다. 서로 취향이 달라도 약간씩 양보해서 같이 보자. 나란히 앉아서 TV를 보다 보면 가만히 있는 게 오히려 어색할 때가 있다. 손잡고 영화 보던 연애시절을 기억하고, 그때의 감촉을 떠올려 보라. 그때만큼의 짜릿함과 감흥은 아니더라도 손끝에서 전해오는 따스함을 느낄 수 있을 것이다. 손만 잡아도 삭막함은 사라진다.

어색한 부부들에게는 2인용 소파를 구입할 것을 적극 권장한다. 2인용 소파를 '러브 체어(love chair)'라고 한다. '로맨스 시트(romance seat)'라고도 하는데 단란한 부부용이지만 부부를 단란하게 만들어주는 용도도 있다. 실제로 앉아보면 왜 그런 별명이 붙었는지 단번에 알 수 있다.

처음 만난 사람과 인사할 때, 또는 아는 사람을 만났을 때 우리는 악수를 한다. 악수는 내 손에 무기가 없다는 것을 상대에게 확인시켜주는 의식이었다고 알려져 있다. 종종 왼쪽 소매에 무기를 숨겼기 때문에 처음에는 왼쪽 손목을 잡았다가 나중에 왼손으로 바뀌었다. 그러다가 칼을 쓰는 손이 오른손이었기 때문에 오른손으로 바뀌었다고 한다.

여자끼리 악수를 하지 않은 이유는 여자들은 무기를 갖고 다니지 않았고, 허용되지도 않았기 때문이란다.

유래는 유래고, 오늘날 악수는 인사와 반가움과 감사의 표시다. 그러나 정말 반가운 사람을 만나면 악수가 아니라 와락 껴안게 된다. 남자와 남자, 여자와 여자, 남자와 여자를 막론하고 허그(hug)는 친밀함의 표시다. 악수는 어디까지나 형식의 냄새가 나고, 허그에는 진심이 묻어나온다. 두 사람의 거리감과 맞닿은 표면적에서 악수와 허그는 비교가 되지 않는다.

자주 껴안는 부부는 볼 것도 없이 잉꼬부부다. 특히 뒤에서 살포시 껴안는 백허그는 사랑이 듬뿍 담겨있는 행위다. 뒤에서 껴안는 사람이나 앞에 있는 사람이나 모두 최고의 행복을 느낄 수 있다.

신혼 초의 일이다. 평소보다 조금 일찍 퇴근했는데 현관문이 열려있었다. 내가 들어가도 아내는 주방에서 요리를 하느라고 알아채지 못했다. 뒷모습이 사랑스러웠다. 드라마에서 보듯이 몰래 가서 백허그를 해주면 좋아하겠지. 살금살금 다가가는데 인기척을 느낀 아내가 "아-악" 하고 비명을 질렀다. 나도 놀라서 "나야 나. 미안해" 하고 달렸는데 아내의 손에는 요리하던 식칼이 들려있었다. 순간 머리털이 쭈뼛 섰다. 드라마 흉내 한 번 내려다가 큰일 치를 뻔했다. 백허그도 아무 때나 해서는 안 된다.

포옹도 좋고, 팔베개도 좋고, 볼 뽀뽀도 좋고, 키스도 좋고, 섹스도 좋다. 스킨십은 많이 할수록 좋다. 내 몸에 전해지는 배우자의 온기는 바로 사랑의 촉감이다.

얼마 전, 아내가 오른 쪽 새끼발가락 부근 뼈가 부러지는 사고를 당했다. 처음에는 그냥 접질린 줄 알았는데 너무 아파서 병원에 갔더니 부러졌다고 했다. 유난히 더웠던 여름, 섭씨 40도에 육박하는 무더위에 6주간 깁스를 했으니 그 고생이 말이 아니었다. 제대로 씻지도 못한 채 한 여름을 보내고 겨우 깁스를 풀었으나 한동안 붓기가 빠지지 않았다. 전에는 몰랐는데 걸을 때 새끼발가락 부근에 자연히 힘이 들어가기 때문에 회복이 더디다고 했다. 집에서 얼음찜질도 하고, 족욕도 하고, 주말마다 온천을 찾아 다녔다. 자고 일어나면 붓기가 빠졌다가 퇴근하고 오면 영락없이 부어있다. 팔자에도 없는 발 마사지사가 되어 매일 아내의 발을 만졌다.

그렇게 석 달 정도 계속 마사지를 하다 보니 이게 아내 발인지 내 발인지 모를 정도가 됐다. 부부는 한 몸이라는 말이 이런 건가 싶었다. 이제는 아예 마사지하기 전에 "내 발 내놔" 한다. 골절 사고로 고생은 했지만 부부 사이가 더 가까워지는 계기가 됐다. 화가 복이 됐으니 '새옹지마(塞翁之馬)'라는 말이 딱 맞다. 어찌 됐든 스킨십을 할 수 있는 기회가 많아지는 것은 좋다.

　　맑은 가을 날, 따뜻한 스웨터를 걸친 채 손을 꼭 잡고 강변을 산책하는 노부부. 잡은 손을 놓지 않고 어둑해질 때까지 저녁노을을 바라보는 노부부의 모습. 그것이 우리 부부가 바라는 10년 후, 20년 후의 모습이다.

지혜를 구하라

성 프란시스코 하면 누구나 '주님, 저를 평화의 도구로 써 주십시오'로 시작되는 '평화의 기도'를 떠올린다. 이 기도도 좋지만 내가 개인적으로 더 좋아하는 프란시스코의 기도는 따로 있다.

주여,
제가 할 수 있는 일은 최선을 다하게 해주시고,
제가 할 수 없는 일은 체념할 줄 아는 용기를 주시고,
이 둘을 구별할 수 있는 지혜를 주소서.

나도 평소에 기도를 많이 하는 편이다. 그러나 내 기도는 거의 첫 번째 구절에 머무른다. 내가 할 수 있는 일에 최선을

다하게 해달라는 기도다. 체념하는 것도 용기라는 사실은 이 기도를 통해 배웠다. 우리의 기도는 체념할 줄 모른다. 포기란 없다. '믿는 자에게 능치 못할 일이 없다'는 믿음에 따라 오로지 '이것도 저것도 다 주세요'다. 오랜 기도에도 해결이 되지 않으면 '이렇게 오래 기도했는데도 왜 주지 않느냐'며 원망하기도 한다.

《천국의 열쇠》라는 책에 이런 대목이 있다. 제2차 세계대전 때 독일 병사는 독일이 이기게 해달라고 기도하고, 영국 병사는 영국이 이기게 해달라고 기도했다. 하나님은 과연 누구의 기도를 들어줘야 할까.

성경에는 기도에 대한 다양한 응답 형태가 기록돼 있다.

간절히 기도함으로써 응답을 받은 경우는 너무 많다. 시한부 선고를 받았던 히스기야 왕은 간절한 기도로 수명이 15년이나 늘어나는 응답을 받았다.

그러나 유대민족을 이집트에서부터 가나안 땅까지 이끌었던 모세는 그의 공적과 간절한 기도에도 가나안 땅을 밟지 못하고 죽었다. 예수도 "이 잔을 내게서 옮겨 달라"고 기도했으나 결국 십자가의 죽음을 피하지 못했다.

그런가하면 아브라함은 나이가 많아 포기를 하고 자식을 달라는 기도도 하지 않았는데 아들이 생겼다.

무슨 차이인가. "그러나 나의 뜻대로 마옵시고 아버지의 뜻대로 하옵소서"에 답이 있다. 한마디로 '하나님 뜻대로'다.

그래서 체념할 줄 아는 용기를 달라는 기도는 한 차원 높은 기도다.

이 기도의 핵심은 마지막에 있다. 어떤 것이 내가 할 수 있는 일이고, 어떤 것이 내가 할 수 없는 일일까. 그것만 알 수 있다면 내가 살아가면서 겪는 갈등과 불화와 부조화의 대부분을 해결할 수 있을 것이다. 그 지혜를 구하는 기도다. 솔로몬 왕도 돈과 권위보다 지혜를 먼저 구하였기에 지혜의 대명사가 됐다.

지혜의 본질은 프란시스코의 기도에서도 봤듯이 '정확한 판단'이다. 깊고도 넓은 지식이 있으면 정확한 판단을 하는 데 도움을 준다. 지식은 나의 노력으로 얻을 수 있다. 다양한 경험 역시 도움이 된다. '노마지지'(老馬之智: 늙은 말의 지혜)라는 고사성어도 있다. 늙은 말에게서도 지혜를 얻을 수 있다.

남녀가 결혼해서 한 가정을 이루는 것은 기적과도 같다. 원초적으로 하나부터 열까지 다 다른 것 같은 남자와 여자가, 최소한 20년 이상 다른 환경에서 자란 사람들이, 피 한 방울 섞이지 않은 남남이 한 지붕 아래에서 같이 살을 맞대며 살아간다는 것 자체가 기적이 아닐까. 이렇게 만난 부부가 아무 문제없이 살 수 있다면 그게 더 기적이다. 처음 맞닥뜨리는 문제는 생전 처음이라서 어떻게 해결해야 할지 모르겠고, 오래된 문제는 해결책이 서로 달라 도대체 해결을 할 수 없다.

영화나 드라마를 볼 때 재미있는 현상을 발견할 수 있다. 영화를 보는 순간에는 누구나 주인공으로 빙의(憑依)된다는 것이다. 〈보헤미안 랩소디〉를 보면서 어느새 프레디 머큐리가 되어있는 자신을 발견한다. 영국 애들이 "파키 보이(파키스탄 놈)"라고 놀릴 때는 괜히 내가 화가 나고, '보헤미안 랩소디'와 '위 아 더 챔피언'이 흘러나올 때는 나도 모르게 마이크를 잡고 열창하는 내 모습을 상상한다. 슈퍼맨 영화를 보면 자신이 슈퍼맨이 되어 악당들을 무찌르고, 멜로 영화의 주인공이 되어 멋진 애인과 로맨스를 즐긴다. 심지어 자신이 실제로 조폭인데도 〈범죄도시〉를 보면서 자신이 형사가 되어 조폭인 장첸을 때려눕히는 착각을 할 수도 있다.

그런가하면 내가 보고 싶은 것만 보는 경향도 있다. 고부 갈등을 다룬 드라마를 시어머니와 며느리가 똑같이 봤는데 시어머니의 눈에는 버릇없는 며느리만 보이고, 며느리의 눈에는 못된 시어머니의 모습만 남아있다.

이 현상을 이용한 심리 테스트도 있다. 시각에 따라 마귀할멈과 예쁜 아가씨가 보이는 그림이나 웃는 피에로와 울상인 피에로가 보이는 그림이 대표적이다. 어떤 그림을 보느냐에 따라 그 사람이 처해있는 상황이나 심리 상태를 유추하는 것이다.

아무리 봐도 마귀할멈이다. 이쪽에서 이렇게 보면 이게 머리고, 이게 코라고, 그래서 예쁜 아가씨 그림이라고 설명까지 해줘도 내 눈에는 마귀할멈만 보인다. 반대로 이게 아가씨 그림이지 마귀할멈이 어디에 있냐고 열을 내는 사람도 있다.

부부가 똑같은 것을 봤는데 남편이 본 게 다르고, 아내가 본 게 다르다. 똑같은 말을 들었는데 서로 상대방이 잘못한 것으로 해석한다. 정말 미치고 팔짝 뛸 만한 상황이다. 이건 분명히 나를 음해하기 위해 거짓말하는 거라고 생각한다. 그렇지 않다면 이렇게 명명백백한 사실을 놓고 딴 소리를 할 수 없다.

그러나 이건 특별한 상황이 아니다. 언제든지 일어날 수 있다. 인정하기 싫지만 어쩔 수 없다. 애초에 그렇게 생겨먹었다고 인정해야 한다. 우리 부부만 말이 통하지 않고, 우리 부부만 문제 있는 게 아니다.

그래서 지혜가 필요하다. 지혜는 저절로 생기지 않는다. 끊임없이 구해야 한다. 지식을 통해 생길 때도 있고, 경험을 통해 알기도 한다. 때로는 계시를 받을 때도 있다.

지혜의 책을 보는 것은 도움이 된다. 성경, 금강경, 탈무드, 논어 등 오래 전부터 검증된 지혜서는 물론 그리스 로마 신화, 삼국지, 로마인 이야기 등 어떤 장르에서도 지혜를 얻을 수 있다. 나보다 먼저 많은 일을 겪은 인생의 선배들에게 경험을 전수받는 것이야말로 살아있는 지혜다. 프란시스코와 같이 절대자의 도움을 구할 수도 있다.

병이 생긴 다음에 병원에 가서 치료 받고 수술 받는 것은 1차원적인 해결방법이다. 병이 나기 전에 예방하는 것이 최고의 방법이다. 때마다 건강검진을 하고, 평소에 운동을 열심히 하는 이유다. 부부 갈등을 나 혼자 해결하려고 할 때 갈등은 커진다. 어디서 주워들은 민간요법으로 혼자 해결하려다 병을 키우는 사람들이 얼마나 많은가. 내가 슈퍼맨이 아니라는 사실을 인정해야 한다. 세상의 모든 이치를 알지 못한다고 인정하는 것이 자존심 상하는 일은 아니다.

다시 프란시스코의 기도를 생각한다. 나는 나약한 존재다. 무엇이 내가 할 수 있는 일이고, 무엇이 할 수 없는 일인지 도

저히 구별할 재간이 없다. 나도 기도한다. 그 둘을 구별할 수
있는 지혜를 달라고.

스물 하나

눈사람 만들기

자녀들이 결혼할 때가 되니 이전에는 무심코 넘겼던 일들이
크게 보인다. 2010년 즈음에 애 낳고 키우는 것이 너무 힘들
다며 연애, 결혼, 출산을 포기한다는 '3포 세대'라는 용어가
처음 등장했다. 부모 세대는 힘들어도 다 해왔는데 요즘 나약
해진 젊은이들이 현실 도피성으로 그런 말들을 지어낸다고
생각했다.

그런데 이게 수그러들기는커녕 취업과 내 집 마련도 포기
한다는 '5포 세대'로 진화하더니 인간관계와 미래에 대한 희
망마저 접었다는 '7포 세대'에 이어 무한대를 뜻하는 'N포
세대'까지 나오기에 이르렀다. 가만히 생각해보면 그럴 만하
겠다고 고개를 끄덕이게 된다.

어려서부터 '슈퍼 걸'로 자라온 젊은 여자들이 남성 위주

의 잔재가 남아있는 '시댁'을 섬길 이유가 없다. 결혼을 했더라도 출산은 하지 않는다. 괜히 '육아 독박'을 쓰고 경단녀(경력이 단절된 여자)가 되긴 싫다.

1960년대와 70년대를 살았던 사람들에게 '탁아소'는 부정적인 의미였다. 반공 교육의 일환으로 탁아소는 북한 정권이 여자들의 노동력을 착취하기 위해 만든 제도이며 어렸을 때부터 김일성 사상을 가르치는 곳으로 배웠기 때문이다. 한국에서는 북한의 탁아소와 구별하기 위해 '어린이집'이라고 불렀으나 그마저도 별로 없었다. 엄마가 출산 이후에도 계속 일을 하려면 할머니가 키워주거나 육아 도우미를 구해야 했다.

첫 딸을 낳고 나서 아내는 당연히 육아를 걱정했다. 동료 교사 중에도 힘들게 자녀를 키우는 사람이 많았다. 어차피 각자 도우미를 써야하니 비용을 모아 학교 앞에 방을 얻고 사람도 구해 공동 육아를 하면 어떻겠냐는 아이디어를 냈다. 30년 전에 사설 직장어린이집을 생각했던 것이다. 그러나 생각지도 않게 학교에서 반대하는 바람에 무산됐다. 학교에 지원을 해달라고 한 것도 아닌데 '학교 앞에 아이를 맡겨놓으면 수업에 지장을 준다'는 이유 같지 않은 이유였다. 결국 아내는 학교를 그만뒀지만 지금 생각해도 안타깝다.

지금도 상황이 크게 좋아진 것 같지 않다. 공공기관이나 공기업은 국가 지원으로 어린이집을 운영하지만, 일반 직장어린이집이 있는 곳은 2017년 현재 전국에 840곳밖에 되지 않는다. 그 기준이 직원 500명 이상이거나 여직원 300명 이상인 기업이 대상이기 때문이다. 대부분의 맞벌이 부부는 지금도 육아 문제 때문에 한 명이 직장을 그만두거나 부모님께 맡기거나 아예 아이를 낳지 않는다.

출산율에 비상이 걸린 정부나 지자체에서 아무리 출산 장려금, 육아 지원금을 퍼부어도 변화는 보이지 않는다. 돈 조금 주는 정도로 육아 문제가 해결되지 않기 때문이다.

앞으로 조금 나아질 것 같은 조짐이 보이기는 한다. 2019년 하반기부터 분양하는 500세대 이상 아파트단지에는 국공립 어린이집이 의무적으로 들어선다. 이전까지는 권고 사항이었기 때문에 2018년 현재 아파트단지에 있는 국공립 어린이집은 전국에 727개에 불과하다. 또한 직장에서 남자도 육아 휴직을 허용하는 등의 움직임은 장기적으로 바람직하다.

주택 문제는 더 심각하다. 서울이나 수도권의 집값을 보면 돈을 모아 내 집을 산다는 게 거의 불가능한 것처럼 보인다. 불과 몇 년 사이에 너무 올라버려 내 집 마련을 포기하고, 그 비용으로 차라리 현재의 행복을 추구하겠다는 젊은이들이 이해되기도 한다.

사실 집값이 올라서 좋아할 사람은 딱 두 부류다. 집을 여러 채 갖고 있는 다주택자, 그리고 1주택자 중 은퇴자처럼 집을 확 줄여서 차익을 얻으려는 사람뿐이다.

무주택자는 물론이고, 일반 1주택자도 집값 오른다고 무작정 좋아할 문제는 아니다. 보유세 부담은 커지고, 집을 팔 때 양도소득세, 집을 살 때 취득세 등을 생각하면 이사 가면서 집을 점점 줄여야 한다는 결론이 나온다.

젊은이들의 내 집 마련을 위해 집값이 안정되기를 바란다. 그러나 강제로 찍어 누르는 게 해결책이 될 수는 없다. 억지로 누르면 오히려 부작용이 날 때가 더 많다.

과거의 경험을 보면 집값이 떨어질 때도 있었다. '부동산 10년 주기설'도 나름 설득력이 있다. 그러나 집값이 오르든 떨어지든 집을 사지 못하는 사람들의 공통점이 있다. 오를 때는 비싸서 못 사고, 떨어질 때는 더 떨어질 까봐 못 산다.

결혼 후에 과천의 18평 주공아파트에서 살았던 형이 있다. 1980년대 중반 매매가와 전세가의 차이가 500만 원일 때 샀다. 여전히 전세였던 옆집 사람에게 형수가 "500만 원 더 주고 사는 게 낫지 않냐"고 권유했으나 "집을 사면 취득세도 내고 재산세도 내야 하는데 차라리 전세가 편하다"며 사지 않왔다. 그런데 갑자기 부동산 경기가 일어나면서 과천 주공아파트의 매매가가 1~2년 사이에 거의 두 배로 뛰어버렸다. 마침 평촌 신도시가 개발되면서 형은 평촌의 50평대 아파트를 분양받아 이사했다. 과천 18평 아파트 매매가와 평촌 50평 아파트 분양가의 차이가 크지 않아 조금만 보태면 가능했다. 하지만 옆집 사람은 폭등해버린 전세가를 감당하지 못해 더 싼 곳을 찾아다녀야 했다.

30년 전과 지금을 단순 비교할 수 없지만 원리는 비슷하다는 말을 하고 싶다.

'돈을 모으려면 결혼을 하라'는 말이 있다. 혼자서는 계획적인 생활이 힘들다. 결혼하고 나면 나름 계획도 생기고, 돈을 모아야 하는 이유가 절실해진다. 미래가 보이지 않아 결혼도 포기하고, 출산도 포기하고, 내 집 마련도 포기하는 젊은이들에게 결혼 이전보다 결혼 후에 더 풍족해지는 역설을 말해주고 싶다.

처음부터 서울의 30평대 아파트를 생각하면 불가능이다. 내 형편에 맞는 곳을 골라야한다. 우선순위를 정해서 쾌적한 환경이 우선이라면 출퇴근의 고생은 감수해야 한다. 교통의 편리함이 우선이면 좁고 낡은 곳에서 사는 것을 당연하게 여겨야 한다.

눈사람을 만들려면 먼저 눈을 단단하게 뭉쳐 작은 눈뭉치를 만든다. 이게 코어(core)다. 핵을 눈 위에 굴리면 그 크기는 기하급수적으로 늘어나 눈사람 몸체도 되고, 얼굴도 된다. 큰 뭉치 두 개가 만들어지면 다 끝났다. 눈, 코, 입 만드는 디테일은 천천히 해도 된다.

핵이 없으면 눈사람 자체를 만들 수 없다. 핵은 만들었으나 눈싸움을 하느라고 던져버린다면 역시 눈사람은 없다.

돈을 모으는 것도 마찬가지다. 어느 정도 굴릴 수 있는 규모의 돈을 모으는 게 급선무다. 이게 시드 머니(seed money)다. 나는 '흙수저'라고 생각하는 사람일수록 시드 머니 만드는데 열중해야 한다고 생각한다. 작은 눈뭉치만 꼭꼭 다져서 만들어놓으면 눈사람은 얼마든지 만들 수 있다. 시드 머니가 없다면 수입은 손가락 사이로 술술 빠져나가는 모래다. 시드 머니는 말 그대로 내년 농사를 짓기 위한 씨앗이다. 일단 만들었으면 아무리 힘들어도 쓰지 말아야 한다. 옛 농부들은 보릿고개에 나무껍질을 벗겨 먹는 한이 있어도 씨앗으로 남겨놓은 볍씨는 먹지 않았다.

나는 경제 전문가가 아니다. 다만 전문가들의 조언 중에 내가 효과를 봤던 것을 소개할 뿐이다. '계란을 한 바구니에 담지 말라'는 격언은 분산 투자를 하라는 말이다. 그러나 돈을 모을 때도 적용된다. 극단적으로 수입의 50%를 무조건 저축하라고 권유하는 사람도 있다. 맞벌이 부부라면 한 명의 수입으로만 생활하고, 한 명의 수입은 전액 저축하라고 권유하기도 한다. 이건 나도 찬성한다. 쓰고 남는 것을 저축하려면 힘들다. 쓰고 남는 게 없기 때문이다. 신기하게도 항상 내가 가지고 있는 돈보다 쓸 곳이 더 많이 생긴다.

나의 한 달 수입이 300만 원이라면 아예 절반을 미리 저축하고 150만 원이 내 수입이라고 생각하는 것이다. 사람이 환경에 적응하는 능력은 스스로 깜짝 놀랄 만큼 뛰어나다. 처음에는 힘들지만 어느새 그렇게 살아도 큰 불편을 느끼지 못하게 된다. 내 경우 50%까지는 아니더라도 30% 정도는 미리 저축했다.

통장을 여러 개 만드는 것도 좋은 방법이다. 이 중 목표액에 도달할 때까지 찾을 수 없는 통장이 반드시 하나는 있어야 한다. 은행에 가면 '1억 만들기' 같은 다양한 적금 상품이 나와 있다. 내 수준에 맞는 상품을 고르면 된다.

수입이 일정하지 않은 사람은 매달 일정액을 내는 적금이 부담스럽다. 처음에는 호기 있게 적금을 시작했는데 중간에 너무 부담이 돼서 적금을 깨는 사람도 많다. 적금을 깨는 것은 파종 씨앗을 먹는 것과 같다. 이런 사람들은 가욋돈이 생길 때마다 저축하되 3년이나 5년 동안 찾지 못하는 자유적립식 예금이 좋다. 이렇게 쓰고 보니 마치 은행 영업사원 같다.

시드 머니는 시간이 좀 걸리더라도 저축으로 만든다는 생각을 하는 게 좋다. 주식이나 부동산에 투자해서 시드 머니를 만들겠다는 생각은 버리는 게 좋다. 저축보다 단기간에 만들 수도 있지만 영원히 못 만들 가능성도 있다. 시드 머니를 먼저 만든 다음 그것을 굴리는 방법이 투자다.

딸들이 아직 초등학교 저학년이었을 때 집 앞에 있던 은행에서 처음 자유적립식 예금을 접했다. 우리 집은 대가족이라서 명절 때가 되면 딸들은 양가의 할아버지, 할머니는 물론이고, 큰 아빠, 큰 엄마, 외삼촌, 숙모들로부터 세뱃돈과 용돈을 받았다. 애들 이름으로 1만 원씩 넣은 통장을 하나씩 만들어서 줬다. 5년 동안 넣기만 하는 통장이었다. 아이들은 용돈을 받으면 은행으로 쪼르르 달려가서 저금을 했다. 마치 누가 많이 저금하나 게임을 하는 듯했다. 5년 후, 통장에는 우리가 놀랄 만큼 제법 많은 돈이 찍혀있었다. 저축하는 습관도 키우고, 일찍 시드 머니를 만든 효과도 봤다. 마침 책장에 꽂혀있던 《열두 살에 부자가 된 키라》는 아이들이 자연스럽게 경제를 배우기에 아주 좋은 책이었다.

아내와 나는 지금도 딸들에게 자유적립식 통장을 만들어

준 게 가장 잘 한 일이라고 말하곤 한다.

나는 어렸을 때 세뱃돈을 받으면 어머니가 "내가 맡아줄게" 하고 갖고 가셨다. 나중에 "맡겨놓은 세뱃돈 달라"고 하면 "그동안 네가 먹은 밥 값 내라"고 해서서 매우 억울해했던 기억이 있다.

부자 부모를 만난 '금수저'를 부러워만 할 게 아니다. 선천적 금수저가 아니더라도 '후천적 금수저'는 얼마든지 가능하다. 어린 자녀들에게 자유적립식 통장을 하나씩 만들어 주는 것만으로도 훌륭한 부모가 될 수 있다.

돈을 버는 방법, 모으는 방법, 굴리는 방법은 사람마다 다르다. 따라서 부부간에 어떤 경제관을 갖고 있느냐가 중요하다. 돈이 전부는 아니지만 돈은 꼭 필요하다. '사랑이 밥 먹여 주냐'는 말은 결코 사랑을 폄훼하는 말이 아니다. 아무리 가난하더라도 사랑을 꽃피우는 아름다운 가정은 '아주 가끔'보지만 돈 때문에 깨지는 가정은 '아주 자주' 보기 때문이다.

부부의 경제관은 비슷해야 한다. 같이 모으는 스타일인지, 같이 쓰는 스타일인지, 어디에 돈을 쓰는 것이 가치 있다고 생각하는지.

모으는 것이 좋고, 쓰는 것은 나쁘다고 말하는 게 아니다.

남편과 아내가 모두 모으는 것보다는 지금 쓰는 것이 더 행복하다고 생각하면 그것도 나쁘지 않다. 어느 누구도 탓하지 않고 행복한 삶을 살 수 있다. 그러나 경제관이 다르면 서로 상대방 탓을 하게 된다. 아내는 알뜰살뜰 모으는데 남편은 한탕을 노리며 주식 투자를 하다 말아먹었다면, 남편은 '짠돌이' 소리 들어가며 아끼는데 아내는 명품에 꽂혀있다면 좋은 소리가 나올 수 없다.

경제관은 다르지만 금슬이 좋은 부부도 있긴 하다. 한쪽이 포기하는 경우다. "매달 생활비로 얼마만 주면 그다음은 신경 쓰지 않겠다. 당신 마음대로 해도 좋다"는 부부도 있다. 나름 해결책을 찾은 것이다.

우리 부부의 투자 스타일이 어떤지 아는 것도 매우 중요하다. 안정 지향적인 스타일이 있고, 고위험 투자형도 있다. 그걸 알면 우리에게 맞는 투자 상품을 고를 수 있다. 경제에도 궁합이 있다는 말이다.

1989년에 경제부에서 증권 기자를 했었다. 당시 배경을 먼저 알아야 한다. 1988년 서울올림픽을 계기로 증권시장에는 광풍이 불었다. 종합주가지수가 200포인트에서 불과 1년 만에 1,000포인트를 찍었다. 주가지수가 다섯 배 뛰었으니 개별 주식 중에는 100배, 200배로 뛴 주식도 있었다. "열흘 만에 세 배를 벌었다", "한 달 만에 열 배를 벌었다"는 말들이 아무렇지도 않게 들렸다. 은행에 저금하는 사람은 바보 취급했다. 마치 최근의 '비트코인' 열풍과 비슷했다.

말 그대로 '주식의 주'자도 모르는 사람들이 돈이 된다니까 너도나도 몰려들었다. 증권사 직원에게 돈뭉치와 도장을 건네고 "알아서 불려 달라"고 주문했다. 이게 '일임 매매'다. 처음에는 좋았다. 무슨 일인지는 모르겠는데 돈이 막 불어났다. 돈 버는 게 이렇게 쉬웠던 적은 없었다. 너무 기분이 좋아 담당 직원에게 밥도 사주고, 술도 사주고, 자동차도 사줬다.

그러다 1,007포인트를 정점으로 내리막길을 걸었다. 내가 담당했던 1년 동안 주가지수가 반 토막이 났다. 당시 증권사가 몰려 있던 명동에는 매일 투자자 데모가 벌어졌고, "내 돈 물어내라"는 협박에 못 이겨 자살하는 증권사 직원도 있었다. 주가가 올라갈 때는 좋았는데 내려가니까 "내가 언제 그 주식 사라고 했느냐", "언제 팔라고 했느냐"며 따지고 들었다.

한바탕 소동이 수그러들었을 때 지금은 없어진 쌍용증권에서 투자자 수기를 모집했다. 1등으로 뽑힌 글을 기사로 소개하는 데 그 사연이 정말 눈물나게 슬펐다.

학교 교사였다. 성실하게 살았고, 박봉임에도 알뜰하게

저축해 작은 집도 마련했다. 어느 날, 고교 동창회에 갔는데 온통 주식 이야기였다. 주식으로 얼마를 벌었느니, 몇 배가 됐느니 떠드는 동창들의 말이 나랑은 상관없는 일이라 생각했다. 그런데 한 친구가 "많이 하지 말고 100만 원만 해봐"라고 꼬드겼다. 주식이 뭔데 이리 난리인가 궁금하기도 했고, 100만 원 정도면 괜찮을 것 같았다. 신세계가 열렸다. 일주일 만에 200만 원이 됐다. 계산을 했다. 200만 원을 넣으면 400만 원, 400만 원을 투자하면 800만 원이 될 텐데. 투자액을 늘렸다. 수익은 점점 불어났다. 지금까지 아등바등 살아온 것이 바보처럼 느껴졌다.

그러다 주가가 꺾이기 시작했다. "잠시 조정기간일 뿐이다. 곧 주가지수가 2,000포인트까지 올라가니까 이럴 때 오히려 공격적으로 투자해야 한다"는 증권사 직원 말을 믿고 은행 저금을 모두 찾았다. 더 떨어졌다. '물 타기'를 해야 하는데 돈이 없다. 집을 팔고 전세로 옮겼다. 더 떨어졌다. 원금이라도 찾아야 된다는 생각에 전세를 빼서 사글세로 옮겼다. 나락이었다. 정신은 피폐해졌고, 아내 얼굴 쳐다볼 힘도 없었다.

이 사례에서 보듯이 소심한 사람, 귀가 얇은 사람, 그리고 성격이 불같은 사람, 한탕을 노리는 사람이 주식 투자를 하면 실패할 가능성이 거의 100%다. 이런 사람들은 냉정하게 상황을 파악하는 능력도 없고, 과감하게 결정을 하지도 못한다.

주식 투자에 성공하는 사람은 '손절'을 잘하는 사람이라는 말이 있다. 원금에서 10% 정도 떨어지면 손해를 보더라도 과감하게 팔고, 다른 주식으로 갈아타야 한다는 것이다. 하지만 소심한 사람은 손해 본 게 너무 아까워서 절대 팔지 못한다. 팔아야 하는데 거꾸로 손해를 만회해야 한다는 생각에 더 산다.

'무릎에서 사서 어깨에서 팔아라'는 주식 격언을 알면서도 못 지키는 사람이 태반이다. 사고 싶은데 더 떨어질 것 같아서 주저하다가 주가는 다시 올라간다. 팔고 싶은데 더 올라갈 것 같아서 못 판다. 가만히 보니까 내 집 마련할 때도 똑같은 원리가 작용한다.

우리 부부가 그렇다. 둘 다 과감하지도 못하고, 손절을 감수할 만한 용기도 없다. 둘 다 비슷해서 다행이다.

하지만 둘 다 모으는 재주는 있다. 경제부를 떠난 뒤 증권시장이 다시 좋아졌을 때 직접 투자는 겁이 나서 못하고, 간접투자인 펀드는 괜찮겠지 싶어서 들었다가 반토막이 났다. 아내 눈치를 살피고 있는데 "우리가 그래도 모으는 재주는 있잖아. 또 모으면 되지 뭐" 한다.

우리는 차곡차곡 쌓는 재미로 살아간다.

스물 둘

역지사지

역지사지(易地思之)는 말 그대로 입장을 바꿔 생각하는 것이다. 내가 좌우명처럼 생각하고 실천해오는 말이기도 하다. 입장을 바꿔본다는 게 결코 쉽지 않은 일이다. 그런 입장이 돼본 적이 없는 경우가 많기 때문이다. 아무리 내가 그 입장이 돼보려고 해도 한계가 있다는 말이다. 하지만 역지사지의 자세만 갖고 있어도 오해의 상당 부분이 풀리는 경험이 있다. 아니, 처음부터 오해를 하지 않도록 하는 기능이 있다.

기자 생활을 하면서 역지사지의 자세는 더욱 강화됐다. 기자 초년병 시절 사회부에서 사건 취재를 할 때 몸으로 터득했다. 사건 당사자 중 한 명의 말을 듣다보면 엄청난 비리와 부정이 있다고 믿게 된다. 흥분하는 것도 잠시, 상대방을 찾아가 취재하면 완전히 다른 말을 한다. 서로 자기 입장에서만 주장하니 같은 사건을 놓고 정반대의 말이 나오는 게 당연하다. '큰 건 하나 건졌다'고 흥분하다가 나중에는 아예 기사 자체가 안 되는 경우가 태반이었다. 한쪽의 말만 듣고 기사화하는 게 정말 위험하다는 사실을 체득하게 됐다.

'오해'와 '이해' 사이에는 '삼해'라는 바다가 있다. 삼해에는 항상 바람이 거칠게 불고 파도가 심해 건너기 힘들다. 일단 오해를 하게 되면 그 오해를 풀고 이해시키기 힘들다는 말이다. 영원히 오해를 풀지 못하는 경우도 있고, 오랜 시간이 지난 후 극적으로 오해를 풀었지만 이미 쌍방이 모두 만신창이가 돼버린 경우도 있다.

'아' 다르고 '어' 다르다는 말이 있듯이 약간의 뉘앙스 차이로도 오해가 생긴다. 같은 말을 해도 서로의 이해 차이, 문화 차이로 인해 오해가 생길 수도 있다. 한참 한국의 '정치문화'에 대해 토론하는데 한 사람은 'political culture'로 받아들이고, 한 사람은 'politics and culture'로 받아들였다면 토론을 하면 할수록 오해의 골은 깊어질 수밖에 없다.

'우리말은 끝까지 들어봐야 안다'고 한다. 어순에서 부정의 단어가 문장 마지막에 들어가기 때문이다. 예를 들어 "나는 당신을 사랑"까지만 들으면 사랑한다는 말인지 사랑하지 않는다는 말인지 알 수가 없다. "사랑합니다"가 올 수도 있고, "사랑하지 않습니다"가 올 수도 있다.

상대의 말을 끝까지 듣지 않는 사람은 오해의 바다에서 헤어 나올 수 없다. 예단의 결과는 무섭다. 처음 몇 마디만 듣고는 바로 자기가 할 말을 준비하는 사람들이 그렇다. 상대의 말을 중간에 끊어버리는 사람도 있다.

"아, 됐고. 다음 말은 들을 필요도 없어."

모르는 사람이라도 이래서는 안 된다. 친구 사이에서는 더더욱 안 된다. 하물며 부부 사이라면 생각하기도 싫다

말을 끝까지 듣지 않는 사람에게 역지사지를 권하는 것은 돼지 목에 진주목걸이를 걸어주는 것과 같다. 이런 사람들은 역지사지 이전에 말이라도 끝까지 듣는 훈련을 해야 한다.

사람의 기억은 시간이 지날수록 왜곡이 된다. 나도 예전에는 기억력이 매우 좋다고 자신하고 있었는데 어느 순간부터 그 생각을 접었다. 나는 분명하게, 뚜렷이 기억하고 있는데 자료를 찾아보면 내 기억이 틀린 경우를 왕왕 발견할 때가 있기 때문이다.

더구나 내가 생각했던 것이 실제로 일어났던 일처럼 왜곡되기도 한다. 당시에는 생각만 하고 말하지 않았는데 내 기억에는 말한 것으로 입력돼 있는 것이다. 앞에서 예로 든 것처

럼 상대의 말을 끝까지 듣지 않고 예단한 경우에도 상대가 그렇게 말한 것으로 입력되고, 중간에 말을 끊었을 경우에도 그렇다. 그러니 서로의 기억이 다를 수밖에 없다.

부부싸움의 상당 부분도 여기에서 시작된다.

"내가 그때 안 된다고 했잖아."

"당신이 언제 그랬어. 그런 말 한 적 없어."

"내가 분명히 안 된다고 했어."

이쯤 되면 나의 기억을 의심하기보다 배우자가 거짓말을 하고 있다고 생각해서 언쟁은 더욱 격렬해진다.

부부 간에 역지사지는 반드시 필요하다. 이견이 생겼을 때든, 다툼이 생겼을 때든, 싸우고 난 다음이든 어떤 단계든 한 번쯤 생각해보라. 이럴 때 아내라면 어떻게 생각할까, 이럴 때 남편이라면 어떻게 행동할까.

갈등이 생겼을 때 성질을 한 템포 죽이는 게 중요하다. 나를 화나게 한 배우자의 말이, 배우자의 행동이 불현 듯 이해가 되기도 한다.

역지사지의 자세를 갖고 있어도 배우자를 바르게 이해하기는 쉽지 않다. 자라온 환경이 다르고, 남자와 여자의 뇌 구조는 다르다. '아무리 생각해도 난 몰라'가 되기 십상이다.

뒤집어놓고 생각해보자. 노력해도 될까 말까 하는데 노력조차 하지 않는다면 결과는 뻔하다.

역지사지는 마음만 있다고 되는 것은 아니다. 정보가 있어야 한다. 뭘 알아야 그 입장이 될 수 있는 것 아닌가. 아무것도 모르는 사람을 앞에 놓고 "당신 입장을 충분히 이해합니다"라고 하면 거짓말이다. 그래서 부부간에 대화가 중요한 것이다. 처음에는 이 사람이 왜 이런 반응을 보이는지, 왜 이렇게 생각하는 지 이해가 되지 않다가 대화를 하다보면 이해가 되는 부분이 점차 많아진다. 어렸을 때 어떤 경험이 있었는지, 어떤 트라우마가 있는지 아는 것이 중요하다.

이해가 깊어지면 입장을 바꿔서 생각하기 쉬워진다. 입장을 바꾼다는 것은 시각을 바꾼다는 말이다. 내 편에서 보던 것을 아내 편에서 보는 것이다. 그러면 완전히 다른 세상이 펼쳐진다.

국립박물관에 고구려 전을 보러갔다가 뒤집힌 한반도 지도를 처음 보고 충격을 받은 적이 있다. 우리는 항상 북쪽이 위에 있고 남쪽이 아래에 있는 한반도 지도만 봐왔다.

그러나 고구려 전에서 본 지도는 중국 쪽에서 바라본 한반도였다. 고구려는 지금의 중국 쪽에서 한반도 쪽으로 지역을 넓혀왔다는 설명이었다. 그 전에는 한반도가 매우 작다고 생각했는데 뒤집어 보니까 매우 크게 느껴졌다.

미국에 출장 갔을 때 일이다. 소주를 엄청 좋아하던 동료가 미국에서는 소주 한 병에 1만 원도 넘게 받는다며 "도둑놈들"이라고 욕했다. 그러자 다른 동료가 "여기서는 소주가 물 건너온 거니까 양주지. 동양주. 그러니까 비싸지" 했다. 아하, 그렇구나. 이해가 안 되던 것이 한 번만 뒤집어 생각하니까 바로 풀려버렸다.

시각을 바꾸면 생각이 바뀐다.

스물 셋

종교는 같아야 좋다

서로 다른 문화에서 성장한 두 사람이 만나서 같이 사는 게 결혼이다. 부부는 살아가면서 서로 다른 것들을 하나하나 맞춰가는 숙명을 안고 있다. 그 중의 최고봉은 종교가 아닌가 한다.

종교가 같은 사람끼리 결혼하는 것은 큰 복이다. 적어도 종교 때문에 다투는 일은 거의 없을 것이기 때문이다. 그것만 해도 처음부터 큰 짐을 하나 더는 셈이다. 중매나 결혼상담소를 통해 결혼하는 경우는 아예 처음부터 종교를 맞춰주니 종교 때문에 일어나는 마찰을 줄일 수 있다. 이것은 중매의 확실한 순기능 중 하나다.

한쪽은 종교가 있는데 한쪽은 종교가 없는 경우는 극과 극이다. 부드럽게 넘어가는 경우가 있는가 하면 파탄에 이르기도 한다. 별 문제없이 넘어가는 경우는 종교가 없는 쪽이 맞춰주는 것이다. 결혼 허락을 얻기 위해 교회를 다니기 시작한 남자들을 주위에서 많이 봤다. 부모님들도 큰 반대가 없으면 그만이다. 그게 진정한 신앙이냐를 따지기 시작하면 그건 또 다른 문제다.

결혼 허락을 얻기 위해 쇼는 했지만 결혼 이후에 마음을 바꾸는 경우가 문제다. '이건 약속 위반'이라며 다투는 건 애교다. 내가 믿지 않을 뿐 아니라 배우자의 종교를 포기하도록 종용할 때 문제는 커진다. 일주일에 한 번씩은 무슨 행사 치르듯이 얼굴을 붉힌다.

그래도 이 경우는 당사자들 문제다. 집안 문제로 확산되기도 한다. 종교가 없는 집안은 대개 유교 전통을 따르고 있다. 제사가 항상 발목을 잡는다. 기독교인들은 제사를 우상숭배로 여긴다. 어차피 제사지내는 집안의 사람과 결혼하려고 마음먹었다면 자신이 감내해야 할 몫이다. 하지만 자신이 절을 하지 않는 것에서 그치는 것이 아니라 '제사는 우상숭배이므로 없어져야 한다'고 목소리를 높이면 집안 전체를 상대로 한판 싸우겠다는 선전포고다. 집안 내분으로 확산되면 부부 사이도 나빠질 수밖에 없다.

가장 극단적인 사례가 기독교와 불교 등 아예 다른 종교를 믿고 있는 사람끼리 결혼하는 것인데 결혼 후 벌어질 사태가 분명하기에 실제로 그리 많지는 않다. 처음에는 서로의 종교가 뭔지 모른 상태에서 만나 어느새 죽고 못 사는 사이가 됐는데 나중에 알고 보니 그렇더라. 그래도 종교가 우리의 사랑을 끊을 수 없어 부모님과 주위의 반대를 무릅쓰고 결혼하는 경우가 가끔 있긴 하다.

내 주위에도 그런 커플이 있다. 남자는 독실한 불교 집안이고, 여자는 독실한 기독교 집안이다. 어지간만 해도 어떻게 타협을 시도해 볼 수 있을 텐데 둘 다 어지간하지 않아서 문제다. 엄청난 양가의 반대를 사랑의 힘으로 극복하고 결혼했다.

결론은 잘 산다. 강력한 반대에 부딪치면 결국 눈물 질질 짜며 헤어지는 게 보통인데 그걸 이겨낸 사람들이니 충분히 잘 살 수 있다. 다만 아내의 희생이 따랐다. 자신의 종교를 포기한 것이다. 마음속의 믿음까지 포기하진 않았다지만 일체의 교회 활동은 중지했다. 이상적인 형태는 서로의 종교를 터치하지 않고, 각자 신앙생활을 하는 것이다. 하지만 가족이라는 한 울타리에서 그러기는 결코 쉽지 않다.

이 경우는 한쪽이 포기함으로써 큰 마찰이 생기지 않았지만 배우자를 개종시키려고 할 때가 문제다. 아예 '결혼하고 나서 반드시 배우자를 개종시키겠다'고 공언하는 사람도 있다. 무종교인 사람을 믿게 하는 것도 엄청나게 어려운 일이다. 하물며 종교를 바꾸는 것은 거의 불가능이라고 봐야 한다. 가뭄에 콩 나듯 사례가 있지만 스스로 깨우치고 개종의 필요성을 느꼈을 경우지 권유나 강요로 될 사안은 아니다.

서울 인사동의 한 음식점 대문에는 '이곳에서는 정치, 종교, 군대 이야기를 금합니다'라는 안내문이 있다. 술자리에서 정치와 종교 이야기를 꺼내면 반드시 싸움이 일어나고, 군대 이야기가 시작되면 여자들은 오기 싫어하기 때문이다. 참 현명한 주인이다.

정당 모임을 빼면 어떤 모임에서도 정치적인 의견이 다른 사람들이 있기 마련이다. 처음에는 가벼운 주제로 시작한다 해도 곧 과격한 발언이 쏟아지고 감정이 격해지는 게 일반적인 패턴이다. 한국에서의 정치는 지역감정과도 묘하게 겹쳐있어 이야기가 길어지면 질수록 감정이 격해질 가능성이 크다.

하지만 정치적인 견해 차이 때문에 가정생활이 힘들다는 부부는 별로 보지 못했다. 가정생활을 하는데 정치가 끼어들 여지는 별로 없다. 만일 정치적인 입장이 다른 부부라 하더라도 집에서는 기껏해야 선거 때나 화제가 될 뿐이다. 더구나 서로 입장이 다르다는 걸 이미 알기 때문에 굳이 화제로 삼지도 않는다. 어차피 비밀투표이니 투표장에 같이 간다 해도 각자 조용히 투표한다. "당신, 누구 찍었어?"라고 물어봐도 "그거 알려주면 선거법 위반이야" 하고 넘어가면 그만이다. 주위에 영호남 부부가 많이 있다. 하지만 정치적인 문제로 심각해졌다는 말을 들어본 적이 거의 없다. 즉, 정치는 부부생활에 별로 걸림돌이 되지 않는다고 해도 과언이 아니다.

하지만 종교는 정치와 다르다. 종교는 생활이다. 집안 곳곳에 숨어 있다가 잊을 만하면 튀어나온다. 작은 문제, 큰 문제가 번갈아가며 괴롭힌다. 자녀들 교육 문제도 연결된다. 나는 그런대로 참는다 해도 자식들까지 내가 원치 않는 방향으로 끌고 가려면 그건 참을 수 없다.

뻔한 이야기지만 '이왕이면' 처음부터 종교가 같은 사람을 만났으면 좋겠다. 종교가 없으면 같이 없거나 있다면 같은 종교가 좋다. 사람 일이 마음먹은 대로 되는 게 얼마나 있겠나. 하지만 종교가 다르다는 이유로 부부가 소모해야 하는 에너지가 너무 크기 때문에 안타까워서 하는 말이다.

우리 부부는 모두 기독교 가정에서 자랐다. 아주 작게 의견이 맞지 않는 부분이 있지만 살면서 문제가 된 적은 한 번도 없다. 아내는 결혼하기 전에 아예 '신앙이 있는 사람'과 '담

배피지 않는 사람'만 만나기로 원칙을 정해놓았었다고 한다. 폐쇄적인 인간관계라고 생각할 수 있지만 부부간에 종교 문제로 다투지 않는 것만 해도 얼마나 다행인지 모른다.

만일 결혼까지 생각하는 사이인데 종교가 다르다면 결혼하기 전에 먼저 해결하길 권한다. 결혼하고 나서 맞춘다는 것은 불가능에 가깝다. 종교는 작은 문제가 아니다. 입맛 하나 맞추기도 힘들어서 20년이 걸렸네, 30년이 걸렸네, 아예 포기했네 하는 게 현실이다.

만일 결혼할 때는 종교가 달랐는데 중간에 맞춘 부부에게는 진심어린 박수와 축하를 보낸다. 이런 부부의 앞길에는 탄탄대로가 펼쳐져 있다. 가장 어렵다는 종교문제를 해결했는데 어떤 장애물이 이들 앞을 가로막을 것인가. 어떤 시련이 닥치더라도 얼마든지 헤쳐 나갈 수 있을 거라고 믿는다.

스물 넷

아름다운 이별

'아버지 부시' 조지 H.W. 부시 전 미국 대통령이 2018년 11월 30일 사망했다. 그 해 4월에 아내 바바라 부시가 세상을 떠났으니 혼자 된 지 8개월도 안 된 시점이었다.

미국의 '타임'지는 부시가 94세의 고령이기도 했지만 배우자를 잃은 것도 사망 원인 중 하나일 것이라고 보도했다. 심리학 연구에 따르면 부부 중 한 쪽이 사망한 뒤 6개월 동안 다른 한 쪽 배우자의 사망 가능성이 40~70% 정도 올라간다고 한다.

심리학에서는 이를 '상심 증후군(broken-heart syndrome)'이라고 부른다. 우리가 일상생활에서 받는 스트레스 중 배우자를 잃는 스트레스는 어떤 것보다 크다. 상심 증후군은 사별한 즉시 나타나지는 않는다. 시간이 흐르면서 추억은 생생해지고,

슬픔은 깊어진다. 일반적으로 상심 증후군은 여자보다는 남자에게서 많이 나타난다. 여자는 혼자 살아도 큰 불편을 느끼지 않지만 남자는 불편해질수록 아내의 빈자리가 점점 크게 느껴지기 때문이다.

부시는 17세 때 한 살 아래인 바바라를 만났고, 21세에 결혼해서 무려 73년을 함께 살았다. 부시는 평소 "내가 미국 대통령이 된 것보다 바바라의 남편이 된 것이 더욱 대단한 일"이라고 말할 정도로 부부 사이가 좋았기에 상심 증후군이 사망 원인이라고 유추할 충분한 이유가 된다.

2013년 미국에서는 하루 차이로 나란히 세상을 떠난 95세 동갑내기 부부의 뉴스가 눈길을 끌었다. 7월 16일 부인 헬렌 브라운이 사망하자, 다음 날인 17일 남편 레스 브라운도 숨을 거뒀다는 것. 이들은 고등학교를 졸업하자마자 19세에 결혼했고, 76년을 함께 살았다. 평소 서로에게 "나보다 먼저 죽지 말라"는 당부를 했었는데 아내가 먼저 죽었고, 파킨슨병을 앓던 남편은 혼수상태여서 아내의 죽음을 보지 못했으니 결국 소원을 이룬 셈이었다.

이들의 뉴스를 보면서 솔직히 '부럽다'는 생각을 했다. 과거에는 죽음을 생각하거나 이야기하는 것을 극도로 기피했다. 부부끼리 '사별'을 이야기하는 것도 금기였다. 하지만 누구나 죽음은 피할 수 없고, 언젠가는 누군가 먼저 가야 한다. 미리 '아름다운 이별'을 마음으로 준비하는 것이 좋다. 준비 없이 갑자기 배우자의 죽음을 맞이한다면 '부부로서의 마지막'이 너무 슬플 것 같다.

뉴스에 나올 정도는 아니었지만 친척 어른 중에도 일주일 차이로 돌아가신 분이 있다. 할머니가 먼저 돌아가시자 상심이 크셨던 할아버지가 일체의 곡기를 끊으셨다. 그리고 일주일 후에 할아버지도 돌아가셨다. 두 분 역시 평소 금슬이 좋았던 분들이라 당시에는 참 아름다운 사랑이라고 느꼈고, 나도 나중에 그렇게 할 수 있으면 좋겠다고 생각했다.

하지만 시간이 지나면서 생각을 해보니 곡기를 끊었다는 것은 내 의지로 생을 포기한 것이다. 얼마나 사이가 좋았으면 그랬을까 이해는 하지만 미화를 하거나 따라할 일은 아니라는 생각이다.

우리 부부는 가끔 죽음에 대해 진지하게 이야기한다. 나는 아내에게 "내가 당신보다 먼저 죽기를 기도한다"고 말한다. 상심 증후군이 남자에게 많이 나타난다고 했듯이 솔직히 혼자 살아갈 자신이 없다. '그래도 만일 아내가 먼저 세상을 떠난다면' 상상은 해본다. 혼자 여행도 다니고, 책도 읽고, 글도 쓰면서 어찌어찌 살아가겠지. 그래도 그런 그림이 좋아 보이지는 않는다. 어차피 누군가 혼자 남는다면 이왕이면 여자가 남는 게 좀 낫지 않나 하는 생각이다. 아내도 "그거야 그렇지"라고 하면서도 "누가 먼저 가느냐는 하늘의 뜻이니 마음의 준비만 합시다" 한다.

세상이 변했다곤 해도 부부끼리 진지하게 죽음을 말하기는 여전히 어렵다. 기껏 한다는 말이 "당신, 내가 죽으면 재혼할거지" 같은 말이나 꺼내서 배우자를 열 받게 하거나 싸움을 유도한다.

사실 부부 사별에 관해서는 진지한 이야기보다는 우스갯소리가 더 많다. '아내가 죽으면 남편은 화장실 가서 웃는다'는 것도 그런 유다. 더 젊고 예쁜 여자와 재혼할 수 있기 때문이란다. 과연 그럴 능력은 있을까. 어쨌든.

골프 천국인 미국에서는 이런 골프 유머도 있다. 골프장에서 재미있게 골프를 즐기고 있는데 장례행렬이 지나간다. 갑자기 동반자 중 한 명이 묵념을 한다. "돌아가신 분이 아는 사람인가" 하고 물으니 "그래도 아내의 마지막 가는 길인데 작별인사는 해야지" 하더란다.

부부끼리 죽음을 진지하게 이야기해야 하는 중요한 이유

는 현재를 충실하게 살기 위해서다. 교통사고나 뇌출혈 등 갑작스런 죽음을 맞이할 경우 대부분은 충격과 함께 깊은 후회를 하게 된다. 아직 시간이 많다고 생각해서 "나중에 하자", "다음에 해줄게" 같은 말을 앵무새처럼 되풀이했기 때문이다. 과거에 잘못한 것은 잘못한 것이고, 만회할 시간조차 없었다는 게 천추의 한으로 남는다.

그런 한을 남기지 않으려면 평소에 죽음을 생각해야 한다. 죽음을 생각하면 현재를 잘 살게 된다.

언제일지 모르는 그날이 왔을 때 서로 손을 꼭 잡고 "그동안 나와 살아줘서 고마워요. 행복했어요. 사랑해요. 천국에서 만납시다"라고 말할 수 있기를 기도한다.

그리고 다시 봄

2018년 11월 6일, 통계청이 2018년 사회조사 결과를 발표했다.

전국 13세 이상 3만 9,000명을 대상으로 조사한 결과 '결혼을 해야 한다'고 답한 사람이 48.1%였다. 조사를 시작한 2008년 이후 처음으로 50% 아래로 떨어졌다. 남자는 52.8%였으나 여자가 43.5%였다. 한국 여성들이 결혼에 대해 훨씬 부정적인 생각을 갖고 있음을 알 수 있다.

반면 결혼을 하지 않더라도 함께 살 수 있다(동거)고 답한 사람이 56.4%로 역시 처음으로 절반을 넘었다.

이것이 내가 이 책을 써야겠다고 생각한 이유다.

사회의 변화, 그리고 의식의 변화에 따라 결혼에 대한 생각도 달라지게 마련이다. 취업도 안 되고, 살림살이는 팍팍해지고, 부동산 가격은 천정부지로 올라 내 집 마련은 꿈도 꾸기 힘들어졌는데 결혼은 사치라고 생각할 수 있다. 더구나 여성의 경우, 혼자 살 수 있는 능력이 있는데 굳이 결혼을 할 이유가 없다고 생각할 수 있다.

여성의 사회적인 지위나 가정에서의 위치가 과거에 비해 많이 좋아졌고, 사회의식도 많이 달라졌지만 여전히 양성 평등이라는 가치에는 턱도 없이 모자란 게 현실이다.

이미 통계청 조사에서 나타난 대로 꼭 결혼이라는 제도를 통해야만 가정이 가능한가, 동거만 하더라도 그게 가정 아닌가라고 생각할 수 있다. 언제든 쉽게 헤어질 수 있는 장점 때문에 동거를 선호하는 사람이 많고, 부부라 하더라도 쉽게 이혼하니까 결혼과 동거를 구별하는 자체가 의미 없을 수도 있다.

결혼에는 책임이 따르고, 동거는 책임에서 비교적 자유롭다. 그래서 나는 결혼을 해야 한다고 생각한다. 책임지지 않는 사회보다 책임지는 사회가 훨씬 건강하기 때문이다.

지금보다 남자들이 훨씬 노력해야 한다. 지금까지 누려왔던 기득권을 더 내려놓아야 한다는 말이다. 누군가는 '지금도 아내에게 죽어지내는데 뭘 더 내려놓으라는 거냐'고 반발할 것이다. 개개인의 문제가 아니라 사회 전체가 그래야 한다는 것이다.

결혼 장려가 이 책의 목적은 아니다. 이미 부부의 연을 맺은 사람들의 이야기다. 부부 간에는 촌수가 없다. 실제로 피한 방울 섞이지 않은 남남이다. 무촌이라는 것은 그만큼 가깝기도 하고 그만큼 아무 것도 아니라는 의미다. '님이라는 글자에 점 하나를 찍으면 도로 남이 된다'는 유행가 가사가 명쾌하게 설명해 준다.

부부란 두 사람이 서로 끊임없이 노력하지 않으면 남이 될수밖에 없는 운명이다.

혼자 살 때보다 좋으니까 결혼하는 것이다. 남들은 행복한부부 생활을 어떻게 유지하는지, 위기가 닥쳤을 때 어떻게 극복하는지 엿보는 것은 매우 중요하다. 나의 부모님이, 선생님이, 형이, 언니가 아름다운 부부 관계를 유지한다면 자연스레 결혼에 대한 의식도 달라지지 않을까.

나이를 먹을수록, 결혼생활을 오래 할수록 더욱 가까워지는 부부의 모습을 그려본다. '늙어가는 것이 아니라 익어가는 것'이라는 가사가 가슴으로 다가온다.

대한민국은 사계절이 뚜렷해서 좋다. 춘하추동 사계절은 인생의 희노애락과 묘하게 오버랩된다. 우리는 어렸을 때부터 계절의 변화를 몸으로 느끼면서 살아왔다. 그것이 일회성이 아니라 매년 되풀이 된다는 것도 안다.

"우리 부부는 1년 내내 매서운 북풍이 부는 한겨울"이라고 말하는 부부에게 하고 싶은 말이 있다. 그래도 그 속에서 이미 파릇파릇한 새싹이 자라고 있다고.

이제 다시 봄이다.

느림보 토끼와 함께 살기

초판 1쇄 인쇄 2019년 3월 27일
초판 1쇄 발행 2019년 4월 5일

지은이 손장환
펴낸이 손장환
디자인 윤여웅
펴낸 곳 LiSa

등록 2019년 3월7일 제 2019-000070 호
주소 서울시 마포구 독막로 20나길 22, 103-802 우편번호 04076
전화 02-3421-0850, 010-3747-5417
이메일 mylisapub@gmail.com

ISBN   979-11-966542-0-7 03800

이 도서의 국립중앙도서관 출판예정도서목록(CIP)은 서지정보유통지
원시스템 홈페이지(http://seoji.nl.go.kr)와 국가자료 공동목록시스
템(http://www.nl.go.kr/kolisnet)에서 이용하실 수 있습니다.
(CIP 제어번호 : CIP2019010819)